文春文庫

石榴《ざくろ》ノ蠅《はえ》

居眠り磐音（二十七）決定版

佐伯泰英

文藝春秋

目次

「居眠り磐音」 主な登場人物

佐々木磐音（ささきいわね）

元豊後関前藩士の浪人。直心影流の達人。旧姓は坂崎。師である佐々木玲圓の養子となり、江戸・神保小路の尚武館佐々木道場の後継となった。

おこん

磐音の妻。磐音が暮らした長屋の大家・金兵衛の娘。今津屋の奥向き女中だった。

今津屋吉右衛門（いまづやきちえもん）

両国西広小路の両替商の主人。お佐紀（さき）と再婚、一太郎が生まれた。

由蔵（よしぞう）

今津屋の老分番頭。

佐々木玲圓（ささきれいえん）

直心影流の剣術道場・尚武館佐々木道場を構える。内儀はおえい。

速水左近（はやみさこん）

将軍近侍の御側御用取次。佐々木玲圓の剣友。おこんの養父。

依田鐘四郎（よだかねしろう）

佐々木道場の元師範。西の丸御近習衆。

松平辰平《まつだいらたつぺい》　佐々木道場の住み込み門弟。父は旗本・松平喜内《きない》。廻国武者修行中。

重富利次郎《しげとみとしじろう》　佐々木道場の住み込み門弟。土佐高知藩山内家の家臣。

霧子《きりこ》　雑賀衆の女忍び。佐々木道場に身を寄せる。

品川柳次郎《しながわりゅうじろう》　北割下水の拝領屋敷に住む貧乏御家人。母は幾代《いくよ》。

竹村武左衛門《たけむらぶざえもん》　南割下水吉岡町の長屋に住む浪人。妻・勢津《せつ》と四人の子持ち。

幸吉《こうきち》　深川・唐傘《からかさ》長屋の叩き大工磯次《いそじ》の長男。鰻屋「宮戸川」に奉公。

桂川甫周国瑞《かつらがわほしゅうくにあきら》　幕府御典医。将軍の脈を診る桂川家の四代目。妻は桜子。

笹塚孫一《ささづかまごいち》　南町奉行所の年番方与力。

木下一郎太《きのしたいちろうた》　南町奉行所の定廻り同心。

徳川家基《とくがわいえもと》　将軍家の世嗣。西の丸の主。

小林奈緒《こばやしなお》　磐音の幼馴染みで許婚《いいなずけ》だった。小林家廃絶後、江戸・吉原で花魁《おいらん》・白鶴《はっかく》となる。前田屋内蔵助に落籍され、山形へと旅立った。

坂崎正睦《さかざきまさよし》　磐音の実父。豊後関前藩の藩主福坂実高《ふくさかさねたか》のもと、国家老を務める。

『居眠り磐音』江戸地図

新吉原
山谷堀
寛永寺
上野
下谷車坂町
新寺町通り
浅草
待乳山聖天社
聖天町
今戸橋
浅草寺
花川戸町
竹屋ノ渡し
向島
新堀川
業平橋
吾妻橋
品川家
十間川
首尾の松
北割下水
今津屋
天神橋
石原橋
本所
法恩寺橋
新シ橋
浅草御門
竹村家
南割下水
両国橋
横川
金的銀的
竪川
松井橋
薬研堀
鰻処宮戸川
若狭屋
大川
六間堀
猿子橋
竈河岸
日本橋川
新大橋
小名木川
霊巌寺
万年橋
深川
金兵衛長屋
亀島橋
霊岸島
仙台堀
永代橋
永代寺
富岡八幡宮
鉄砲洲
佃島
越中島

護国寺
中山道
日光御成街道
面影橋
小石川
伝通院
本郷
石切橋
牛込
豊後関前藩
上屋敷
湯島
神田川
神田
牛込御門
表猿楽町
尚武館佐々木道場
駒井小路
駿河台
田安御門
市谷八幡宮
九段坂
神保小路
雉子橋
内藤新宿
四谷大木戸
市谷御門
一橋御門
竜閑
善国寺谷通
麴町
江戸城
四谷
四谷御門
大手御門
半蔵御門
道灌堀
平川天満宮
和田倉御門
馬場先御門
南町奉行所
比丘
数寄屋橋御門
溜池
木挽橋
三十間堀川
木挽町
原宿
愛宕権現
増上寺
芝
宝泉寺
麻布村
麻布広尾町

石榴ノ蠅

居眠り磐音（二十七）決定版

第一章　紅　板

一

　磐音《いわね》一行が日光道中の千住掃部宿《せんじゆかもん》に入ったとき、遠雷が響いて秋天に黒雲が疾《はし》り、大粒の雨が降り出した。このところの日照りに乾き切っていた路面を穿《うが》つ雨に、

　ふあっ

と埃《ほこり》が立ち、

　ざあっ

という音とともに雨は地中に吸い込まれていった。

「佐々木《ささき》様、江戸を前にして俄雨《にわかあめ》だ。あそこの茶店で雨宿りしていきませんか

え」

と出羽《でわ》山形まで永の道中を共にしてきた吉原会所の園八《そのはち》が言った。

「この降り具合なら長くは続くまい」

と磐音も園八の言葉に従い、若い千次《せんじ》を従えた三人は茶店に駆け込んだ。

俄雨に降り込められた人々が同様に店に飛び込み、濡《ぬ》れた顔や衣服を手拭《てぬぐ》いで拭《ふ》いていた。

磐音は背に負っていたおこんらへの土産《みやげ》の包みを解《と》いて縁台におろした。

「帰路はすべて順調、日和《ひより》にも恵まれた旅路であったが、江戸を前に足踏みか」

往路、千次が旅慣れていないこともあり、二十日近くも要した。だが、帰路は天気にも恵まれ、坂のある山道を一日平均十三、四里ほど歩き続けて、往路の半分ほどの日数で千住大橋を越えようとした矢先の雨宿りだ。むろん、帰路を急いだのには理由があった。

江戸では老中田沼意次《おきつぐ》一派が、西の丸家基の将軍就任を阻止しようと暗殺を企《たくら》んでいた。磐音が江戸を離れ、山形に向かう旅に出る前も、そのことが話題になった。だが、養父玲圓《れいえん》の、

「そなたが不在の折りは、われらが一丸となって田沼一派の悪巧みを阻む。安心

して山形に赴け」

という言葉に甘えての出羽往復であった。用事を果たした帰路はひたすら歩を進め、千住掃部宿に辿《たど》り着いたところだった。

「旅を惜しむ、たれぞの涙雨にございましょうかね」

吉原育ちの園八が手拭いで肩の雨を拭きながら粋《いき》な言葉を吐いて苦笑いした。

山形行きは、磐音の許婚《いいなずけ》だった奈緒《なお》の難儀を救う旅だった。

園八はそのことを遠まわしに言ったのだ。だが、磐音が奈緒とどのような面会を果たしたか、園八らは知らなかった。

「奈緒どのの想いは今や山形にある。江戸のことなど忘れていよう」

磐音は今歩いてきた日光道中の北の方角に眼差《まなざ》しを転じた。

掃部宿は雨煙でくすぶり、視界が利《き》かなかった。往来する人々も思い思いに旅籠《はたご》の軒先や茶店に避難し、人影も見えなかった。

「江戸も長いこと晴れの日が続いたようにございますね」

「そのようじゃな」

茶店の混雑も段々と落ち着き、それぞれが居場所を定めて小女《こおんな》が注文を取りに来た。

「江戸を前にして酒もございますまい。佐々木様、茶でようございますね」

磐音は頷《うなず》くと、

「長い道中であったな」

「千次が肉刺《まめ》を作って足を引きずり始めた日が、遠い昔のようでございますよ。若い衆もこれでようやく一人前だ」

と園八が笑った。すると千次が、

「若先生と園八兄いには迷惑をおかけしました。この次の御用旅は、わっしがお二人の世話をしっかりといたします」

と請《う》け合った。陽《ひ》に焼けた顔も精悍《せいかん》さを増し、帰路の健脚ぶりならもはや千次は一人前の旅人だ。

「佐々木様、吉原に寄られますかえ」

園八が訊いた。

「四郎兵衛《しろべえ》どのにはそれがしからも旅の首尾を報告いたし、礼を申し上げたいでな。迷惑でなければ立ち寄りたい」

「迷惑なんてことはございませんが、神保小路《じんぼうこうじ》では一日千秋の想いで今小町のおこん様がお待ちだろうと思いましてね」

「われら夫婦、身は二つでも心は常に一つじゃ。園八どの」

「ありゃ、佐々木様に一本取られたぞ」

茶を運んできた小女がぐっと細い体を竦《すく》ませ、通りに目を向けた。

磐音も異変を感じて千住大橋の方角を見た。

馬蹄《ばてい》が響いて一騎、鞍《くら》にしがみ付いた若侍が必死の形相《ぎょうそう》で千住掃部宿を北へ走り抜けようとした。若侍が後方を気にする様子から数丁後ろに追跡者がいる気配だった。

馬蹄が雨煙を蹴立《けた》て、若侍は磐音らの目の前を通過しようとした。そこへどこから紛れ出たか、野良犬が大雨の通りを斜めに横切ろうとするのに若侍が気付き、

「あっ!」

と叫ぶと咄嗟《とっさ》に手綱を絞った。ために若侍の体が大きく虚空を舞うと、雨に濡れそぼった地面に背中から叩《たた》き付けられた。

野良犬はその物音に怯《おび》えたように振り向き、さっと路地に駆け込んだ。主《あるじ》を失った馬はさらに北を目指して走り去った。

叩き付けられた若侍は痛みを堪《こら》えて立ち上がり、千住大橋の方角に一瞥《いちべつ》をくれると、野良犬が逃げ込んだ路地へ身を隠そうとした。

だが、追跡者はすでに若侍が落馬した場所の半丁ほど間近に姿を見せ、

「どうどうどう」

と手綱を持って馬を宥《なだ》め、並足にすると若侍の前に停止した。そして、
ひらり
と飛び下りて若侍に鞭《むち》を突き付けた。

若侍の相貌《かお》に絶望の色が浮かんだ。

磐音は、若侍も追跡の武士も江戸在住の大名家の家臣かと思いながら様子を見ていた。事情が全く分からないからだった。

さらに三騎が到着した。陣笠《じんがさ》を被《かぶ》った壮年の武家と、今一人の、明らかに奉公人と思える若侍。一人は浪々の剣術家と推察がついた。

三人が次々に、すでに水溜《みずたま》りになった通りに飛び下りた。

「大村源四郎《おおむらげんしろう》、そなたの足掻《あが》きも、もはやこれまで」

手綱を片手で摑《つか》んだ壮年の武士が言うと、筒袴《つつばかま》に袖無《そでな》し、総髪の剣術家に顎《あご》で命じた。

心得顔の剣術家は手綱を二人目の若侍に投げると、刃渡り二尺八寸を超える剣の柄《つか》に手をかけた。その柄もまた一尺余と長かった。定寸の刀身はおよそ二尺三

寸、柄は七寸であった。

磐音が注視する剣術家は、八寸ほど長い剣を携帯していた。

「ご用人」

剣術家から手綱を受け取った若侍が壮年の武家に注意した。

なんだ、という顔で雨煙の中に視線をやった用人が、磐音ら衆人環視のもとにあることに気付き、小さな罵《のの》り声を上げた。

「まずい、菱沼《ひしぬま》。屋敷に連れ戻れるか」

「それはまた面倒にございますな」

と答えたのは剣術家の菱沼某《なにがし》だ。

磐音は菱沼の殺気が消えていないのを見てとった。菱沼は大勢の視線を浴びながらも平然と斬《き》り捨てようとしていた。そして、命を奪ってから大村を屋敷に連れ戻る心積もりに見えた。

大村源四郎はそれを悟ったか、絶望の中にも活路を見出すべく、きょろきょろと逃げ場を探していた。

「総髪の野郎、乱暴にも若侍を叩っ斬るつもりですぜ」

園八が憤怒の口調で吐き捨てた。

菱沼が長剣をそろりと抜いた。

磐音が茶屋から激しい雨の通りに出たのはそのときだ。

雷がすぐ近くで鳴り、頭上に稲光が光った。

「邪魔立てするでない。家中の揉《も》め事である」

用人が磐音を、きいっと睨《にら》んだ。

菱沼も大村を注視しつつ足を止めた。いつでも抜き打てる自信があるからだろう。用人の顔からも菱沼の総髪からも、滝のように雨が伝い落ちていた。そして、磐音の道中羽織も雨に打たれて濡れそぼった。

「事情は与《あずか》り知らぬ。されど江戸の外とは申せ、日光道中一番目の千住掃部宿にござる。雨宿りの人々が大勢見物する中、いささか乱暴にござろう」

「余計な節介をするでないと申したぞ」

用人の形相に苛立《いらだ》ちが見えた。

「ご用人、ここは」

手綱を持った若侍が再び用人に注意を喚起した。

すうっ
と長剣を振り上げて、菱沼が大村の前に出た。据物《すえもの》斬りでもする体の身のこなしだ。

「ああっ」

観念の声が大村源四郎から洩《も》れた。

「菱沼どの、お手前の所業は多くの人々が見ておられます」

磐音が発した。

それは緊迫した雨中に長閑《のどか》に響いた。

「そのほう、骸《むくろ》を雨の通りに晒《さら》したいか」

菱沼が、大村源四郎から磐音に注意を向けた。

頬《ほお》が殺《そ》げ、窪《くぼ》んだ眼窩《がんか》の眼が細く閉じられて、磐音との間合いを読んでいた。

振り上げた剣をゆっくり下ろすと、
ぱちん
と鞘《さや》に戻した。

ほっと安堵《あんど》の溜息《ためいき》が宿場に流れた。

磐音は、菱沼が居合い術を遣うのではと、長剣の抜き打ちを念頭に置いた。とはいえ、未だ包平《かねひら》の柄に手もかけていなかった。雨煙にずぶ濡れになりながらひっそりと立っていた。

磐音が仲裁に入ったことで大村源四郎という若侍の命がからくも保たれている
ことは、見物のだれもが承知していた。

磐音の額や鬢《びん》から雨が間断なく滴り落ちていた。

「ふうっ」

菱沼が間合いを計るように息を吐き、止めた。

次の瞬間、菱沼が、つつつと雨の地面を滑って磐音に接近した。

磐音はその動きが中途で大村源四郎に向けられることを察した。

磐音は縮まる間合いの中にわが身を滑り込ませた。

「邪魔立ていたすでない!」

叫び声とともに菱沼が長剣を抜き打ち、その刃が磐音へと転じられて襲いきた。

「あっ!」

という悲鳴が宿場のあちこちから起きた。

「野郎、抜きやがったぞ!」

磐音は果敢にも刃の内側にするりと飛んで菱沼の内懐《うちふところ》に入り込むと、肩で菱沼
の胸を斜め前方へと突き飛ばしていた。

菱沼が二間ほど後方に飛ばされて尻餅《しりもち》をついた。そのせいで、四人が乗ってき

た馬が暴れた。

「おのれ、許さぬ！」

用人が激怒し、二人の家臣に、

「こやつから斬り捨てよ」

と命じた。

磬音はその騒ぎの中、大村源四郎が路地奥へと這《は》いずって逃げ込んだのを目の端に留めていた。

手綱を引いた二人の家臣の一人が、

「ご用人、この場は一旦《いったん》お引き上げください」

と願った。

「ならぬ」

菱沼はすでに立ち上がっていた。窪んだ眼窩の細い眼に憤怒がめらめらと燃えていた。

「菱沼、口ほどにもないか」

「ご用人、ちと油断し申した」

菱沼が長い柄を片手に持つと、改めて磬音に切っ先を突き付けた。

異形の構えだ。

「およしなせえ」

とそのとき、園八が言葉を挟《はさ》んだ。

「ご用人さん、相手をしていなさるお方がだれかご存じねえようだねえ」

「なにっ、何者と申すか」

冷静さを失っていた用人が叫んで問い返した。

「千代田の御城近くの神保小路、直心影《じきしんかげ》流尚武館《しょうぶかん》の看板を掲げる佐々木道場の若先生磐音様ですぜ。巷《ちまた》の剣術遣いが束になっても敵《かな》うものか」

園八の声は雨の中、騒ぎを見守る人々の耳に達していた。

「おおっ、居眠り剣法の若先生か」

「よしなよしな。そんなへなちょこの剣術遣いじゃあ、相手にもならねえよ」

軒下や茶屋で雨宿りしていた人々の中から声が飛んだ。

「ご用人、ここはご辛抱を」

「大村源四郎はどうする」

「そのことは屋敷に戻りし折りに考えまするる」

しばし沈思した用人が、

「引き上げじゃあ」

と吐き捨てると、若侍から手綱を引ったくった。そして、馬の向きを千住大橋に向け直すとひらりと鞍に跨《またが》り、馬腹を蹴っていきなり走り出した。

「菱沼どの」

と手綱を菱沼に投げた若侍と朋輩《ほうばい》が、用人に続けと鞍に跨った。

菱沼は未だ爛々《らんらん》と輝く両眼で磐音を凝視していた。

「この恥辱、菱沼佐馬輔《さまのすけ》必ずや晴らす。覚悟いたせ、佐々木磐音」

磐音は物静かに問うた。

「菱沼佐馬輔どの、流儀を聞いておこうか」

「初実剣理方一流《しょじつけんりかたいちりゅう》」

と答えた菱沼は馬と一緒に駆け出すと、助走をつけて鞍上に飛び乗り、雨煙の中に姿を没していった。

「佐々木様、ずぶ濡れになられましたね」

園八と千次が雨の中に飛び出そうとした。

「そなたらまで濡れることはあるまい」

稲光が走った。

だが、それは最前より遠のいていた。そして、ごろごろごろと雷が千住掃部宿に鳴り響くや、不意に雨がやんだ。

「なんだか、佐々木様お一人が貧乏くじを引かれたようですね」

園八が苦笑いして磐音のかたわらに来ると、手拭いを差し出した。

「かたじけない」

磐音は差し出された手拭いで顔を拭《ぬぐ》った。

「お家騒動ですかねえ。日光道中筋の大名家のご家来のようだが、ご用人が用心棒侍を従えているようじゃ、屋敷も末だ」

「兄い、あの大村源四郎ってお侍、若先生に礼も言わずに姿を消したぜ」

「致し方ねえや。自分の身を守るのに必死よ」

と園八が言いかけるところに、茶店の女将《おかみ》が姿を見せて、

「佐々木の若先生、濡れたお召し物をうちで乾かされませんか」

と親切にも声をかけてくれた。

「女将さん、すでに江戸は見えておる。このまま千住大橋を渡ろうと思う」

雨宿りをしていた人々がぞろぞろと水溜りの日光道中に出てきて、それぞれ歩き出していた。

「佐々木様、吉原は橋を渡ればすぐそこだ。もうちっと我慢してくだせえ」

と園八が慰め、茶代を女将に支払った。

「ならば参ろうか」

千次は、磐音が山形から背負ってきた風呂敷包みを自分の荷の上に乗せていた。

「千次どの、相すまぬな」

「若先生がおぶったんじゃ、おこん様への折角の土産が濡れてしまいますからね」

「ならば願おうか」

三人は永の道中の最後の行程、千住大橋を目指して掃部宿を歩き出した。

磐音は用人の羽織の紋所が、

「丸ニ三ツ並ビ杵《きね》」

であることを記憶した。だが、雨煙の中の騒ぎが尾を引くとは考えてもいなかった。ただ、大村源四郎が無事に御用を務めることを願っていた。

三人は長さ六十六間の千住大橋に差しかかり、上野のお山が雨上がりの景色の中に浮かんだとき、

（ああ、江戸に戻ってきた）

という想いに強く駆られた。

二

暮れ六つ（午後六時）前、未だ十分な明かりが神保小路にあった。

磐音はひと月半ぶりの懐《なつ》かしいわが家を前にして勇躍足を速めた。

吉原に立ち寄ると、四郎兵衛が濡れそぼった磐音の姿を見て、

「おまえたち、佐々木様だけ雨の中を歩かせてきたのか」

と園八らに険しくも問いかけたものだ。

「四郎兵衛どの、いささか理由《わけ》がございましてな。かように濡れておるゆえ、本日はご挨拶《あいさつ》のみにて神保小路に引き上げます。報告は後日ということで構いませぬか」

「およそのことは、山形からの文ですでに承知しております。そのことは一向に構いませんが、その形《なり》で尚武館にお帰りになっては、おこん様がびっくりなさいましょう。うちの内湯を使い、着替えていってください」

四郎兵衛に何度も請われて、会所隣の七軒茶屋の内湯を使ったばかりか、仕付

け糸がまだかかっていた白紬に夏袴を借り受けて着替えた。

その後、改めて四郎兵衛に山形行きの首尾を報告した。

というのも、奈緒は白鶴太夫《はつかくだゆう》として吉原に世話になり、山形の紅花大尽前田屋《べにばなだいじんまえだや》内蔵助《くらのすけ》に落籍された経緯《いきさつ》があって、ためにこたびの山形行きに際しても吉原から二人の若い衆園八と千次が磐音に同道したのである。当然、四郎兵衛に報告する義務が磐音にはあったのだ。

そのせいで暮れ六つ前になっていた。

濡れた神保小路に西日が射《さ》し込んでいた。

尚武館道場の門前では白山《はくさん》が西日に向かって座り、落日を眺めていた。その影が、磐音が立つ東側へと長く延びている。

犬小屋のかたわらには、老門番季助《きすけ》が丹精していた朝顔が葉っぱだけになった蔓《つる》を伸ばしていたが、そのことが磐音の長い留守を物語っていた。

「白山」

磐音が呼んだ。

白山がゆっくりと振り返り、しばらくじいっと磐音の風体《ふうてい》を確かめるように見ていたが、急に立ち上がって尾を大きく振った。そして、顔を東空に突き上げる

と、

「うおうおうっ」

と嬉《うれ》しそうに吠《ほ》えた。

「どうやらそなた、主の姿を忘れたわけではないようじゃな」

と言いながら磐音が門前の犬小屋に歩み寄り、飛びかかる白山を両腕に抱くために門前にしゃがんだ。その視線の先、尚武館の玄関前に、でぶ軍鶏《しゃも》こと重富利《しげとみとし》次郎《じろう》ら住み込み門弟が集まり、何事か談笑していた。

気配を感じたか、利次郎が門を振り向き、

「おっ、若先生が戻られたぞ！」

と叫ぶと、

「たれかおこん様に知らせて参れ」

と命じ、利次郎らが表へと飛び出してきた。一番若い門弟が離れ屋に走っていった。

「永の留守をして迷惑をかけた」

まだじゃれついて喜びを見せる白山の頭を撫《な》でながら立ち上がった磐音は、走り寄ってきた門弟らに詫《わ》びた。

「数日前から、もうそろそろお戻りになる頃ではないかと、われら話していたところにございます」

利次郎が磐音に破顔した。

「皆も変わりはなさそうじゃな」

「江戸も神保小路も大事ございませぬ、若先生」

「うーむ」

磐音の視線の先、道場の式台に、おこんの姿が映じた。

「おこん、辛抱かけたな」

磐音の挨拶に、おこんはなんとも複雑な顔をしてゆっくりと式台に座して三つ指を突いた。

磐音が門から尚武館の玄関前へ歩み寄ると、おこんが陽に焼けた磐音を眩《まぶ》しそうに見上げた。硬い表情が崩れてその顔に笑みが浮かび、

「磐音様、ご無事のお帰り、祝着至極に存じます」

と武家の妻そのままに迎えた。

「ただ今戻った。養父上《ちちうえ》養母上《ははうえ》はご壮健であろうな」

「お変わりございませぬ」

わずかひと月半ほどの留守であったが、磐音はこれほどまでにおこんとの別離を寂しく思ったことはなかった。そして、おこんの笑みには、留守を守り抜いた嫁の自信めいたものが溢《あふ》れていた。

それがあのような挨拶をさせたかと、磐音は思った。

「磐音様、そのお召し物は」

「これか。似合うておるか」

「山形から召されてきたとも思えませぬ」

旅塵《りょじん》に汚れているはずの衣服が真新しかったし、髷《まげ》も綺麗《きれい》に結い直されていた。長旅から戻った者の姿ではない。当然、だれもが訝《いぶか》しく思った。

「若先生、どこぞに立ち寄られましたな」

利次郎がおこんに代わって訊いた。

「昼下がり、雷を伴った激雨が半刻《はんとき》(一時間)余り降ったな」

「あの雨に遭《あ》われましたので」

「千住掃部宿に差しかかった折り、降り込められ、手近な茶屋に走り込んだ」

「ならば濡れていないはずだぞ」

利次郎がさらに関心を持ったように問うた。

「利次郎どの、宿場でちょっとした騒ぎがあってな。本降りの雨の中、それがし、お節介にも仲裁に入ったと思うてくれ」

「はは一ん、若先生の働きを見た宿場の方が、着替えを提供なされたのですね。そうに違いない」

利次郎のしたり顔に、磐音が顔を横に振った。するとおこんが、

「仕付け糸を取ったばかりの白紬に夏袴を即座に用意できるのは、吉原の他にはございますまい。会所の四郎兵衛様のところに、江戸帰着のご挨拶に出向かれたのですね」

「若い衆二人が同道したのじゃ。四郎兵衛どのにお礼と報告をと思うて立ち寄ったところ、さすがに吉原じゃな。隣の引手茶屋《ひきてぢゃや》の立派な内湯を遣わせてもろうたばかりか、髪結いが髷まで結い直してくれ、かような真新しい衣服までお貸しくだされた。吉原仲之町筋の引手茶屋の上客になにがあってもいいように、このような衣服を常に用意してあるそうな」

おこんが得心して頷き、

「仔細《しさい》は分かりましたか、利次郎さん」

「衣服を着替えられた場所が吉原と分かりましたが、千住掃部宿の騒ぎが未だ不

明です」

「利次郎さん、わが君を玄関先に立たせたまま、さらに問い質《ただ》すおつもりですか。奥では養父上養母上が磐音様に一刻も早く会いたいと待ち受けておられましょう」

「おっ、これはしたり。嬉しさのあまり、つい大先生方のことを失念しておりました」

利次郎の言葉に笑みの顔で応じたおこんが、

「ただ今濯《すす》ぎ水を用意いたします」

と立ち上がろうとした。すると玄関前に早苗《さなえ》が、濯ぎ水を入れた盥《たらい》を抱えて姿を見せた。

「早苗さん、よく気が付いたわね」

おこんが早苗の機転を褒《ほ》め、磐音も、

「元気そうじゃな。早苗どのの心遣いの濯ぎ水を使わせてもらおう」

と一文字笠の紐《ひも》を解き、背中の風呂敷包みと道中嚢《どうちゅうのう》を下ろすと、大小を抜いておこんの差し出す両腕に渡した。

そうしておいて、どっかと式台に腰を下ろして草鞋《わらじ》の紐を解いた。すると磐音

の胸の中に、

(旅が終わった。わが屋敷に戻ったのだ)

という想いがふつふつと湧《わ》いてきた。

早苗が汲《く》んできた盥の水で足の汚れを落とした。吉原で湯に浸《つ》かったので、そう汚れているわけではない。だが、道中にあって足を洗うことは、一日の終わる仕来り、さらには永の旅が終わった儀式でもあった。

「早苗どの、さっぱりしたぞ」

と早苗に言うと、恥ずかしそうに微笑《ほほえ》んだ早苗が足拭きを差し出し、

「お帰りなさいませ」

と挨拶した。

「このように、何事もなく神保小路に戻ることができた。留守の間、ご苦労であったな。本所南割下水に戻りたくはなかったか」

「大先生におえい様、おこん様、ご門弟衆にお気遣いいただき、実家のことなどつい忘れて過ごしております」

早苗もまたこのひと月半を無駄にしなかったらしく、受け答えが明るくはきはきとしていた。

「おこん、夕餉《ゆうげ》は皆まだじゃな」

「まだにございます」

「養父上養母上にお断りして、今宵《こよい》は皆で膳《ぜん》を並べぬか」

磐音の言葉に、住み込み門弟の利次郎らが、

「わあっ」

と歓声を上げた。

「ともあれご挨拶を」

磐音の大小を捧げ持ったおこんに先導されるように、磐音は旅の荷を下げたまま尚武館の外廊下をぐるりと回って母屋に向かった。利次郎や早苗らが二人に従うように庭に姿を見せた。

離れ屋を見る飛び石の前で磐音は足を止めた。

老桜の木に葉が生い茂り、白桐《しろぎり》にも濁った残照が当たっていた。

「わずかの留守と思うたが、万物どれもが大きゅうなっておるな」

「毎日接する私には区別がつきません」

「確かに大きくなっておる」

再び磐音とおこんは歩き出した。

養父佐々木玲圓と養母のおえいは、道場の玄関先から聞こえる気配に耳を傾けて磐音を待ち受けていた。

「養父上、養母上、磐音様が無事に戻られました」

おこんが声をかけ、磐音は居間の廊下に座すと、

「養父上、養母上、ただ今立ち戻りました。永の不在、ご不便をおかけいたし申し訳ございませぬ」

「磐音、ご苦労であった」

玲圓の言葉は短くも労《ねぎら》いに満ちていた。

「お二人ともご壮健の様子、安堵いたしました」

「そなたがおらぬゆえ、毎朝、木刀を握って指導に当たったせいか、昔の張りが蘇《よみがえ》ったようじゃ」

と玲圓が苦笑いした。

「明朝からそれがしが相務めます。養父上はしばらくお骨休めを」

頷く玲圓のかたわらからおえいが、

「そなたの留守の間、おこんと早苗が私ども老夫婦の面倒をよく見てくれましてな、却《かえ》って楽をいたしました。磐音、そなたからもおこんと早苗を褒めてくださ

れ」

と笑いかけた。頷き返した磐音は、

「暫時《ざんじ》失礼をば」

と仏間に入り、灯明に火を点《とも》すと、仏壇の前に座して佐々木家の先祖に、

「道中の無事と家内安全」

の感謝の意を込めて合掌した。

磐音が居間に戻ると廊下に利次郎らが集まり、すでに母屋での一堂に会しての夕餉の仕度が始まっていた。

「磐音、夏の旅をしてきたわりにはこざっぱりしておるのう」

玲圓もそのことに気付いたらしい。

「おまえ様、こざっぱりどころではございませぬ。紬の夏小袖に仙台平《せんだいひら》の袴、なかなかのものと見ました」

「さすが養母上、これは吉原会所の四郎兵衛どのにお借りしたものにございます」

と雨に降り込められた千住掃部宿で騒ぎに遭遇し、仲裁をしたせいでずぶ濡れになったことから、吉原会所に江戸帰着の挨拶に出向き、内湯ばかりか髪結い、

さらには新しい衣服の提供を受けたことの一部始終を告げた。

「大雨の中とは申せ、衆人環視の中でお家騒動の恥を曝《さら》したばかりか、家臣一人を不逞《ふてい》の剣術家に始末させようとは、なんたる大名家か」

「それがし、どこぞの大名家かと思いましたが、あるいは大身《たいしん》旗本の用人らであったやもしれませぬ」

「じゃが、そなたが助けた若侍は、日光道中を北に向かって馬で逃げようとしていたのだな。まあ、素直に考えれば大名家の内紛と見たほうがよさそうじゃな」

「大村源四郎と申す若侍、無事に務めを果たすとよろしいのですが」

「その大村、若先生に礼の一言もなく姿を晦《くら》ましたのでございましょう。大村某こそ悪の一味と考えられないこともありませんよ」

と利次郎が言い出した。

「そうか、そのような見方もあるか。となるとそれがし、人を助けたのか邪魔をいたしたのか」

磐音が真剣に悩む姿に利次郎が、

「いえ、冗談にございます。若先生の目に間違いはございません。今頃大村源四郎どのは、若先生に助けられたことを感謝しつつ日光道中を北に向かっておりましょう」

「そうか、そうであろうか。無事御用を果たしてくれればよいが」

と磐音が呟《つぶや》くところにおこんと早苗が、

「ささっ、御酒をお持ちいたしました」

と盆に徳利を林立させて運んできた。

「早苗さん、それがしに徳利をくれぬか。最前の冗談のお詫びに若先生にお注《つ》ぎいたす」

と利次郎が徳利を摑むと磐音の前に座り、

「若先生、出羽山形までの道中ご苦労に存じました」

と差し出した。

「養父上を差し置いてそれがしが先か」

「本日は格別にございます」

磐音は玲圓に目顔で断り、利次郎の酌を受けた。

「ささっ、帰着のお祝いにございますれば、若先生、まずは一献、盃《さかずき》を干してください」

と勧め上手の利次郎の言葉に乗り、

「頂戴いたす」

と磬音は盃に口をつけるとゆっくり喉《のど》に落とした。

「山形の酒と江戸の酒、どちらが美味《おい》しゅうございますか」

「それは利次郎どのに酌をしてもろうた酒が格段に美味じゃな」

利次郎が莞爾《かんじ》と笑い、どうだという顔で一座を見回した。

「利次郎、膝詰《ひざづ》め談判でどちらが美味《うま》いと問われれば、たれしも目の前の人物の名を出すわ」

と田丸輝信《たまるてるのぶ》が呆《あき》れ顔で呟き、

「いかにもさようかな」

「でぶ軍鶏め、機微を全く分かっておらぬ」

と同輩らが次々に賛同して、笑いが巻き起こった。

師匠佐々木玲圓の前ということを一時忘れ、磬音らと住み込み門弟らの分け隔てのない宴《うたげ》が始まった。

「磬音様」

とおこんが磬音のかたわらに座して徳利を差し出した。

「女房どのの酌とは恐れ入る」

磐音はおこんの酌を受けた。

「どうじゃな、磐音。おこんほどの美形が出羽路におったか」

何杯かの酒の酔いにか、玲圓までもが軽口を叩いた。

「はっ、はい」

と磐音が言い淀《よど》むところにおこんが、

「養父上、磐音様は前田屋様のご窮地をお救いに行かれたのです、奈緒様にお会いになっておられるのですよ」

「そうであったな。前田屋の危難はどうやらそなたらの助勢で消えたようじゃと、速水《はやみ》様からお聞きした。奈緒どのはご壮健であったか」

「はあ、それが」

「どうした」

「会うたというほどにはお目にかかっておりませぬ。背を見て声を聞いたにすぎませぬ」

「それはまた遠来のそなたを迎えてどういうことか」

と玲圓が呟き、おこんが訝しげな表情を見せた。

磐音は山形領内大石田《おおいしだ》河岸に身を避《よ》けていた奈緒との再会の模様を一座に告げ

た。

「なんと、磐音様は奈緒様の背を見られただけにございますか」

「おこん、奈緒どのはそれがしの声を聞いても振り向こうとはなさらなかった。数語言葉を交わすうちに舘野《たての》桂太郎《けいたろう》なるこたびの敵方の一人が襲いきたのだ。その戦いが終わってみると、奈緒どのは姿を消しておられた」

「その後、奈緒様にはお目にかからなかったのですか」

磐音は首を横に振った。

「紅花畑で奈緒どのの背をお見かけしたのが、後にも先にも唯一の機会であった。あれは現《うつつ》であったか幻であったか、それがし、未だ迷うておる」

という磐音の言葉に一座が粛然とした。

「養父上、なにはともあれ、奈緒どのは前田屋のお内儀《ないぎ》として山形城下に根を下ろしておられました。向後、それがしが節介いたすこともございますまい」

と磐音が言い切った。

三

尚武館の離れ屋に蚊遣《かや》りが焚《た》かれ、蚊帳《かや》が吊《つ》られていた。

磐音は蚊帳の中に身を横たえ、しみじみとわが家に戻った喜びを嚙《か》み締めていた。

おこんは母屋で湯に浸かっていた。

風が出たか、軒に吊るした風鈴がかすかに鳴った。

時がゆるゆると流れておこんが離れ屋に戻った様子があった。

磐音は道中嚢にわずかに携えてきた紙包みを取り出した。

大石田河岸から山形城下に立ち戻ると、藩を二分した紅花専売制の行方を確かめた直後に、園八、千次を伴い、江戸へと出立《しゆつたつ》した。

山形城下の旅籠最上《もがみ》屋の主彦左衛門《ひこざえもん》が磐音を見送りに出て、

「ささやかな土産にございますそうな。江戸にておこん様とご一緒に開いてください。贈り主の気持ちがお分かりいただけましょう」

と持たせてくれた包みだった。

「おこん」

「はい」

「こちらに来ぬか」

「しばしお待ちください」

おこんは寝化粧をする気配があった。

沈黙がしばらく続き、

「何百里も遠出なされて、懐かしい奈緒様とゆっくりお話もできなかったとは、夢想だにしませんでした」

「山形藩六万石と前田屋が存続するかどうかの瀬戸際であった。内蔵助どのや奈緒どのと長閑に話ができる事態ではなかったのだ」

「速水様から、山形藩では紅花専売制の策を諦《あきら》め、最上義光《よしあき》様以来の紅花問屋と藩の物産方が手を携えての商売に戻すとのお触れがあった、と聞いております」

「こたびの騒ぎが、前田屋どのら紅花商人にとっても、商いを改めて見直すよい機会であればよいがな」

おこんから言葉は返ってこなかった。そして、しばしの沈黙の後、

「磐音様、奈緒様はなぜお顔を見せられなかったのでしょうか」

「はて」

「お分かりになりませんか」

「おこんには察することができると申すか」

「女ならば、奈緒様のお気持ちがよく分かります」

「そうか」

とだけ磐音は答えた。

おこんは襖《ふすま》の陰で長いこと無言を貫いた。化粧の手も休めている気配があった。

「その気持ちとはなにかな」

「奈緒様は、未だ磐音様にお気持ちを残しておられるのです」

おこんは身を硬くしてなにかに耐えているようだった。

磐音の脳裏に紅花畑での会話が蘇った。

「坂崎《さかざき》磐音はもはやこの世におらぬ」

「いえ、奈緒の心には永久《とこしえ》におられます」

と険しくも沈んだ声で応じたのだった。

「おこん、こちらに来ぬか」

磐音の言葉は優しかった。

「はい」

と答えたおこんは、それでもすぐには近寄ろうとしなかった。

「来ぬか」

「はい、ただ今」

おこんはようよう隣室の襖の陰から姿を見せると、蚊帳の中に入ってきた。

磐音は上体を起こし、おこんと見合った。

「奈緒どのは奈緒どのの選んだ道を歩かれた。それがしはまたそれがしの道を進んだ。そして、そなたと結ばれた。二人はそれぞれ別々の道を歩く運命《さだめ》にあったのじゃ。おこん、それがしの女房はそなたなのじゃ。過ぎ去った昔に拘《こだわ》りすぎると、手中の幸せを失うことになる。分かるな、おこん」

おこんの瞳《ひとみ》にこんもりと涙が浮かんだ。

磐音が指を差し伸べて涙を拭った。

「磐音様、こんが愚かにございました」

磐音はおこんの肩を引き寄せるように抱くと、

「旅をしてよう分かったぞ」

「なにがでございますか」

「磬音はそなたに心から惚《ほ》れておる」

「なんということを」

「土産じゃ、おこん」

紙包みをおこんに渡した。

「お忙しい旅の間に土産を購《あがな》われたのですか」

「開いてみよ。贈り主の気持ちが分かろう」

おこんが訝しげな表情で包みを開くと、紅板《べにいた》と一本の絵蠟燭《えろうそく》があった。

紅板の表には見事な金蒔絵《きんまきえ》が施されていた。流水が描かれ、金色に色付いた紅葉《もみじ》が三つ四つと浮かんでいる。行灯《あんどん》の灯《あか》りに金蒔絵の紅葉が鈍く輝いた。

「このような紅板は見たことがございません」

携帯用の紅板は、紅猪口《べにちょく》同様、蒔絵の二枚板の内側に光を嫌う紅が塗られたものので、紅筆を使って唇にさした。使わないときは金蒔絵の紅板を合わせておけば、光が遮断された。

高価な紅を金蒔絵の紅板仕立てに工夫した化粧道具は、京辺りの高貴な女人が求めるものか。

磐音はもう一つの贈り物、絵蠟燭をおこんの手から取った。

最上川の舟運が京からもたらしたものの一つが、出羽鶴《つる》ヶ岡《おか》の絵蠟燭だ。京の雅《みやび》に雪国の人々の新しい工夫が加えられた照明具だ。

古来、蠟燭に絵が描かれる習慣はない。蠟燭に絵付けが施されるようになったのは、奥羽《おうう》地方が発祥の地とされる。仏壇に供える花がない季節、蠟燭に花々の絵を描いて供えたのが始まりとされた。

四季の花々が描かれたために、

「花紋燭《かもんしよく》」

と呼ばれたそうな。

そんな絵蠟燭と紅板を、磐音の江戸への土産に持たせた人がいた。

磐音は絵蠟燭の灯心に行灯の灯りを移し、行灯を吹き消した。

「見よ、あの灯りを」

磐音はおこんに絵蠟燭を差し示した。

「まあ、なんという灯りでしょう。見たこともございません」

「出羽の国の冬を彩る灯りだ。旅籠の主どのが、出立の折りにそれがしに密《ひそ》かに渡してくれたものだ」

おこんは、御所車を花台に見立てて絢爛《けんらん》と咲き誇る四季の花々にじいっと見入っていた。

「主どのは、届けし方の名を出すことはなかった。おそらくは」

「おっしゃいますな。こんには、贈り主のお気持ちが痛いほどに察せられます」

紅板を握り締めたおこんは、小指の先に紅を付けて唇にさした。

絵蠟燭の炎が、おこんの唇に塗られた紅を艶《あで》やかに映し出した。

磐音が、震えるおこんの唇に自分の唇を寄せた。

白桐の庭に集《すだ》く虫の調べに長い夜が始まった。

翌朝、井戸端で水垢離《みずごり》をとった磐音は、おこんが用意した洗い立ての稽古着《けいこぎ》を身に付けて尚武館道場に足を踏み入れた。

その瞬間、ぴりりとした緊張が磐音の五体を襲った。

磐音は見所《けんぞ》前に立ち、神棚に向かって三礼三拍手一礼をなし、再び尚武館に立つ許しを乞《こ》うた。

木刀を手に薄暗い道場の中央に立った。

片手に下げていた木刀を静かに正眼へ置いた。道場を支配する涼気をそよとも動かすことなく木刀が置かれた。

正眼とは中段の構えだ。

宮本武蔵は中段の構えを『兵法三十五箇条』にこう説く。

〈兵法はこまかに見え術を衒《てら》い、拍子能《よ》き様に見え、其品きら在りて見事に見える兵法、是《これ》中段の位也〉

さらに剣聖は、

〈構えのきわまりは中段と心得べし。中段の構えは本意なり。兵法大にして見よ。中段は大将の座なり〉

と『五輪書』に書き残した。

中段の構えは剣術の基本、王道の構えと、二刀流なる異形の剣を創始した武蔵は考えた。

およそ剣人たる者、中段を習得し、中段に終わる。

だが、剣術家それぞれに解釈があった。

磐音は直心影流の教えのとおりに、木刀の切っ先を仮想の相手の目の位置に付けた。

不動の姿勢で静かに息を吸い、吐いた。

無音の、それでいて道場の涼気を両断する気合いが発せられ、木刀が振り抜かれ、体が従い、木刀と五体が同化した動きが静寂の中で続けられた。

四半刻《しはんとき》（三十分）も過ぎたか。住み込み門弟の重富利次郎らが道場に姿を見せ、息を呑《の》んだ。いや、利次郎らは、

「明朝こそわれらが一番に道場に入るぞ」

と言い合って眠りに就いたのだが、磐音に先を越されていた。そのことをどこか予測した利次郎らだったが、磐音の動きがあまりにも厳しく、それでいて、

「自在」

なことに息を呑んだのだった。

磐音がゆったりと木刀を下げると神棚に一礼した。そこに養父玲圓の姿があった。

「ご寝所をお騒がせいたしましたか」

「早起きの癖がついた。怠け癖が頭を擡《もた》げるまで、そなたらとともに道場に立とう」

と笑った玲圓が、

「磐音、相手せよ」

と命じた。

「はっ」

と磐音が板壁へと僅《わず》かに下がった。玲圓の立つ位置を考えてのことだ。

互いに木刀を手に対面した。

間合いは一間。

正眼に取り合った。

尚武館では朝稽古の前に、住み込み門弟や早出の通いの門弟衆と拭き掃除をする慣わしがあった。

その習慣など超越したように、師匠と後継が対峙《たいじ》していた。このような見物は年に一度あるかないかで、通いの門弟がいつもとは違う道場の気配に気付き、道場の入口で凍り付いたように立ち止まった。

格子《こうし》窓から初秋の朝の光が柔らかく射し込んできた。

玲圓が正眼の木刀を音もなく額の前に引き付けた。

その動きに誘われるように磐音が出て、木刀と木刀が絡《から》み合い、
かーん

という乾いた音を響かせた。

この朝、玲圓が磐音を攻め立てた。火を噴くような間断なき攻めであった。

磐音はそれを受け、払い続けた。

反撃に出る隙《すき》など与えぬ玲圓の連続攻撃だ。それも、古き直心影流の切組《きりくみ》兵法、横《よこ》兵法、理《り》兵法、所作兵法など、今では見られぬ古典の技を次々に披露《ひろう》して磐音を攻め立てた。

張り詰めた気を察して門前から駆け込んできた元師範の依田鐘四郎《よだかねしろう》は、玲圓と磐音の対決に息を呑んだ一人だ。

鐘四郎の頭には、永の不在であった磐音が尚武館に戻ったという考えさえ浮かばなかった。

(古兵法か)

と鐘四郎が考えたとき、脳裏に閃《ひらめ》いた。

大先生は若先生に直心影流古兵法を伝授なさっておられるのだ。

その考えに立ち至ったとき、鐘四郎の五体に雷電が奔《はし》った。

腰から大刀を抜くと、その場に正座した。すると周りにいた門弟衆が次々に正座して、佐々木家の九代目と十代目の駆け引きを食い入るように眺めた。

磐音もまた気付いていた。

養父が磐音に直心影流の、一芸一術を伝えようとしていることを悟っていた。それだけに養父の攻めを、動きの一つ一つを脳裏に刻み込みつつ受けに終始した。

（古法、いや、心）

「はあっ」

と玲圓の木刀が下段から擦《す》り上げられ、磐音の木刀が軽やかに弾《はじ》くと、玲圓が突如するすると下がった。

磐音も木刀を納めて下がると、その場に正座した。

「心に刻みましてございます」

静かに立った玲圓が、うーむと満足げな笑みを浮かべると、見所に下がっていった。

磐音は見所の神棚に向かい拝礼し、ゆっくりと立ち上がった。ぐるりと門弟たちを見回すと、

「永の不在、迷惑をかけ申した」

と詫びた。

固唾《かたず》を呑んで父子の、師弟の稽古を凝視していた門弟衆が、

「ふうっ」

と息を吐き、

「お帰りなされませ」

とあちこちから声が響いた。

依田鐘四郎が磐音に歩み寄りながら、

「昨日、お帰りでしたか」

と訊いた。そのかたわらには、笑顔の井筒遼次郎《いづつりようじろう》、品川柳次郎《しながわりゆうじろう》、田丸輝信らの顔があった。

「若先生、ご苦労にございましたな。山形の御用は無事決着がついたと、大先生から伺うております」

「江戸の方々、山形の方々のお働きにより、なんとか元の鞘に納まったようです」

「ようございました」

磐音と鐘四郎には、それですべて通じた。

「皆に不便をかけた分、せっせと動きます」

「若先生、利次郎が自慢しませんでしたか」

「昨夜は母屋で膳を囲みましたが、格別これといって」

と磐音が答えると、

「利次郎、ここに参れ」

と鐘四郎が利次郎を手招きした。

「そなた、若先生に報告いたしておらぬのか」

「師範、格別、若先生に報告すべき事柄はございませぬが」

と利次郎がうずうずとした顔で応じたものだ。

「ほう、先月の若手門弟勝ち抜き試合で第一位を占めたことなど、重富利次郎には不足と申すか」

「おおっ、曽我《そが》慶一郎《けいいちろう》どのに雪辱いたしたか」

「若先生、お蔭《かげ》さまにてようやく曽我慶一郎どのに勝たせてもらいました」

「おや、今朝のでぶ軍鶏はえらく殊勝じゃな」

と田丸輝信が冷やかした。

「人というもの、衣食足りて礼節を知ると言うてな。それに、最近のそれがしは先人の教えを学んでおるゆえ、実るほど頭《こうべ》を垂れる稲穂のごときものよ」

「そなたの喩《たと》えはめちゃくちゃじゃな。先人の教えを学ぶならば、まず言葉を改めよ」

と鐘四郎に注意された利次郎が、

「それほどおかしゅうございますか」

「ああ、おかしいおかしい」

と若手の門弟たちが口を揃《そろ》えた。

「ともあれ、若先生が戻られたのだ。本日より気を引き締めて稽古を始めるぞ」

元師範の依田鐘四郎の言葉に、

「おうっ」

と若手が呼応した。

磐音は柳次郎に会釈《えしやく》すると、

「品川さん、本所は変わりありませんか」

と訊いた。

「竹村《たけむら》の旦那《だんな》の怪我《けが》は完治しました。そのせいでまた酒を飲んでおります。あれを異変というなれば異変でしょうが、あとは変わりございません」

「大西でなければよいが」

と言葉を返した磐音は、男の門弟から一人距離を置いていた霧子に、

「霧子、稽古をいたそうか。それがしの竹刀《しない》を頼む」

と言葉をかけ、木刀を渡した。すると霧子の顔が笑みに変わり、

「はっ、お願い申します」

と躍るような足取りで竹刀を取りに向かった。

四

この朝、尚武館ではいつにもまして活気に満ちた稽古が繰り広げられ、腹の底から搾《しぼ》り出す気合い声が絶え間なく響き渡っていた。

磐音はこの修行の場に身を置く幸せを感じつつ、霧子に始まる若い門弟を中心にした指導を、何人もにわたって繰り返し続けた。

最後に磐音は遼次郎を呼んで相手をさせた。

「お願いいたします」

と興奮を隠し切れない声で即座に応じた遼次郎の構えに、磐音は注目した。

正眼に構えた姿は、磐音が旅に出る以前より明らかに大きくなっていた。

「遼次郎どの、様子がよいな」

と褒めると遼次郎が、

「若先生の留守の間、直《じか》に大先生の指導を仰ぎました。その折り、大先生から懇切丁寧《ていねい》にも、構えを大きくゆったり取るようにという注意がございました」

「どうりでな」

「最初は戸惑いましたが、段々と慣れて参りますと、これまでになく余裕を持って相手を見、周りに注意を払うことができるようになりました」

「剣は勝敗を決するに非ず、つまるところ自らのかたちの完成やもしれぬ。遼次郎どのは大先生のご指摘で一歩究極に近付かれたのじゃ」

「究極にございますか。前途遼遠にございますね」

遼次郎が嬉しそうに笑った。

「頂きが見えぬゆえ山を目指す。お互いにな」

と応じた磐音は、改めて遼次郎と竹刀を構え合った。

瞬く間に二刻(四時間)が過ぎ去り、通いの門弟衆の大半が引き上げると、朝稽古を締め括《くく》るように、若手を中心にこの日の総当たり戦が行われた。

「磐音、今朝までそれがしが審判を務める。そなたは観察に回れ」

玲圓の指示で、磐音はじっくりと十三組の立ち合いを見ることができた。

若手門弟だけで毎月行われる若手定期戦も、すでに三順目に入っていた。

一回目の勝者は伊予《いよ》松平家家臣の曽我慶一郎、二回目は重富利次郎が曽我に雪辱を果たし、この二人の実力が僅かに他を圧していた。

これまで利次郎は恵まれた体を存分に利用していたとはいえなかった。だが、痩《や》せ軍鶏こと松平辰平《まつだいらたつぺい》の西国武者修行に奮起して自らも猛稽古を続け、このところ一段と力をつけ、自信を深めていた。そのことは利次郎に気持ちのゆとりを生じさせた。その結果、緩急をつけた動き、硬軟を交えた攻めと、攻守ともに幅を広げていた。

霧子もまた下忍《しのび》の技を封じて直心影流の基本の動きとかたちを学び、大きくその技を変質させようとしていた。

この朝の対戦が終わった時点で利次郎ら七人が白星を重ね、遼次郎は六割を超える勝率であった。

「どうじゃ、磐音」

玲圓が磐音に意見を求めた。

「養父上、驚きました。それがしが旅に出る前に比して、皆が皆、格段の進歩を遂げております。なにより構えにゆとりが見えてきました」

「口煩《くちうるさ》く構えを注意してきたでな。構えが決まれば懐が深くなり、相手の動きも見易くなる。そうなると、それぞれ固有のかたちが生じてこよう」

「いかにもさようです。養父上のご注意を皆が身を以《もっ》て示しております」

父子の会話に利次郎が、

「それがしの剣術、変わりましたか、若先生」

と口を挟んできた。

この朝、磐音は利次郎と竹刀を合わせる機会がなかった。

そのせいもあって利次郎は、磐音に今日の対戦の感想を求めたのだ。

この朝の総当たり戦の相手は、丹波亀山《たんばかめやま》藩松平家の家臣海野正三郎《うんのしょうざぶろう》であった。

尚武館道場増改築の折り、松平家の上屋敷道場を借り受けた経緯《いきさつ》があった。

元々尚武の心が強い藩ではあったが、佐々木道場の門下生の猛稽古に負けじと家臣たちも毎朝稽古に加わるようになり、自ずと家臣全体の技と力が向上した。

尚武館の普請《ふしん》が終わった後も、亀山藩の家臣は佐々木玲圓と師弟の契りを結び、稽古に通っていた。

海野もその一人で、なかなか俊敏な竹刀捌《さば》きを見せた。

この日、利次郎は大きな体を利して海野を追い詰め、体が崩れたところに鮮やかな面打ちを決めていた。

「利次郎どの、勝ちを得るコツを会得したようじゃな。先月の勝ち抜き戦で体得したのであろう」

利次郎がにんまりと笑った。

だが、玲圓は磐音の言葉を、

「勝ちを焦りすぎておる」

と受け止め、

「磐音、機会あらば利次郎に稽古を付けてやれ」

と命じた。

玲圓と磐音は以心伝心、互いの胸中を理解し合っていた。

「明朝、稽古をいたそうか、利次郎どの」

「畏《かしこ》まりました」

利次郎が嬉しそうに微笑んだ。

稽古の後、磐音はすぐに離れ屋に下がり、おこんが用意していた着替えを持って母屋の湯殿に行き、汗を流した。そして、その足で母屋の居間に通った。

稽古の途中から見所に、御側御用取次《おそばごようとりつぎ》速水左近《さこん》の姿があることを承知していたからだ。

居間では速水と玲圓が茶を喫していた。

「速水様、お早うございます」

と廊下に座して挨拶した磐音は、昨日帰府したことを、自ら改めて報告した。

「出羽行き、ご苦労にござったな」

労いの言葉に磐音はただ頷いた。

「秋元永朝《あきもとつねとも》様もこたびの騒ぎに恐縮しておられる。同時にそなたの始末の付けように感謝もしておられる。過日も、永朝様が城中の御用部屋にお見えになり、佐々木家にお礼に伺いたいが如何《いかが》かと問われた。じゃが、そなたの出羽行きは表向き奈緒どのと申す女人の助勢に参っただけのこと、山形藩の騒ぎとはいささかも関《かか》わりなきゆえお構いめさるなと答えておいた」

「お心遣い有難う存じます」

「それがし、そなたが山形に入ることに一抹の懸念がなかったといえば、嘘《うそ》になろう。どうやら年寄りの浅慮であったわ。そなたが出向いてくれたゆえ、前田屋ばかりか、山形藩六万石秋元家が救われた―

速水左近は莞爾と微笑んだ。

「永朝様もそのことを重々承知ゆえ、こちらにお礼に伺いたいと申されたのだ。何度も懇願なさるゆえ、それがしと朝稽古見物に出向きますかと答えておいた。そのうち同道して参るやもしれぬ。玲圓どの、稽古見物ならば差し障《さわ》りなかろう」

と速水が笑みを湛《たた》えた顔で玲圓に言った。

「こたびの騒ぎ、江戸での速水様のお力添えがなければ、なし遂げられなかったことにございます。また宿老久保《くぼ》村双葉《むらふたば》様をご紹介いただき、心強いかぎりにございました。真《まこと》にもって感謝の言葉もございませぬ」

「将軍家の御側近くに仕える者の務めにござるよ」

と鷹揚《おうよう》に応じた速水左近が声を潜《ひそ》め、佐々木父子に、

「こたびの一件、家治様のお耳に達しておる。家治様から、佐々木には常ならず世話になる、とのお言葉があり申した」

玲圓が速水の顔をまじまじと見詰めると、

「勿体《もったい》なきお言葉にございます」

と御城に向かって頭を下げた。むろん、お耳に入れたのは速水左近だ。

「速水様、西の丸様はご壮健にあられましょうな」

「息災でな、過日も、磐音はいつ出羽から戻って参る、宮戸川《みやとがわ》にはいつ予を連れていく所存か、とのご下問があったばかりじゃ」

と答えた速水が、

「玲圓どのの頑張りがあったればこそ、大過なく、そなたの江戸不在を乗り切った。今朝はそなたの姿を見てほっと安堵いたしたが、田沼様は必ずや次の手を考えておられる。油断はできぬぞ」

「はっ」

と磐音が即座に畏まった。

「磐音、速水様に千住掃部宿の出来事をお話ししておいたほうがよかろう」

と玲圓が磐音を促した。

大名家であれ大身旗本であれ、家中の内紛は幕府が見逃しにできぬことであった。大名諸家、直参《じきさん》旗本の御家騒動は、その結果次第では幕府の弱体化の因《もと》にも繋《つな》がったからだ。

「なんぞ千住でござったか」

磐音は玲圓の勧めに従い、大雨の宿場で見聞した騒ぎを語った。

「ほう、急使と思える大村源四郎なる若侍を用人一派が追尾して、帯同した用心棒に斬らせようとしたと言われるか」

「いかにもさようでございます。用人どのの名は分かりませんが、家紋は『丸ニ三ツ並ビ杵』。また、従えていた剣客は菱沼佐馬輔と称し、初実剣理方一流と、聞き慣れぬ流儀を名乗りました」

「なに、初実剣理方一流とな。聞いたこともない」

　と速水が玲圓を振り返った。

「昨夜《ゆうべ》磐音より聞きましたとき、それがしも初耳の流儀にございました。そこで夜、古き武術名鑑を引き出して調べますとございました」

　玲圓はさほど気にしていたようには見えなかったが、即刻流儀を調べていた。

「ほう、そのような流儀がござったか」

「今枝佐仲良臺《いまえださちゅうりょうたい》というお方が創始した、甲冑《かっちゅう》着用の抜刀術にございますそうな」

「いつ頃のことか、玲圓どの」

「今枝氏は伯耆《ほうき》倉吉《くらよし》に正保《しょうほう》三年（一六四六）に生を享《う》けておりますゆえ、およそ百二、三十年前の武術にございます」

「そのような、古き伯耆倉吉の武術が今も江戸に伝わりおるか」

「父より今枝流剣術と居合い術を学んだ良臺どのは、膳所《ぜぜ》藩本多家家中の伯父を頼って江戸に出、今枝流を完成させた後、一時、摂津《せっつ》高槻《たかつき》藩永井日向守《ながいひゅうがのかみ》様に仕えたようです。その後、廻国修行のため職を辞し、初実剣理方一流抜刀術を創始しております。亡くなられたのは正徳《しょうとく》四年（一七一四）とか。後継は今枝良邑《りょうゆう》どのと申されるゆえ、おそらく嫡男《ちゃくなん》ではございますまいか。それ以上のことは分かりません」

「甲冑着用の抜刀術か」

と判然とせぬ顔で速水が呟いた。

昼下がり、磐音はおこんを伴い、門前に出た。すると季助が朝顔の鉢を片付けていた。強い陽射《ひざ》しの中にも秋の気配が見えた。

「季助どの、朝顔の季節は去ったか」

「秋風がそろそろ吹き始めますでな」

と応じた季助が、

「若先生、お帰りなさいませ」

と改めて挨拶した。

「昨夜戻った。永の不在で迷惑をかけたな」

「こっちにはなんの迷惑もございませんが、おこん様の顔が寂しゅう見えました。ですが、今朝は一段と晴れやかにお見受けいたしますな。やはりおこん様には若先生が一番の薬とみえる。なんぞございましたかな」

と季助が厚顔にも問うた。

「季助どの、それは夫婦の秘密じゃ。たれに言えるものか」

「おやおや、若先生も近頃なかなかだけて参られましたな」

と皺《しわ》くちゃな顔を歪《ゆが》めて笑うと白山が、

「うおううおう」

と遠吠えした。

「白山、日中に遠吠えなどしてはならぬ。今津屋《いまづや》まで挨拶に参るでな、留守を頼んだぞ」

と磐音が白山の頭をひと撫でると、

「おこん、参ろうか」

と日傘を差したおこんに呼びかけた。

朝餉《あさげ》の後、おえいが磐音を呼び、

「今津屋から何度も、そなたの道中を案ずる問い合わせがございました。まずは江戸に戻ったご挨拶に行かれませ」

と言い、

「おこんも、一緒にな」

とおこんに命じた。

磐音が留守の間、どこにも出ようとはしなかったおこんの身を気遣い、息抜きをさせようとおえいは考えたのだ。

若夫婦はおえいの気持ちを素直に受け止めた。

神保小路の新参者の若夫婦は、あちらこちらの門番と挨拶を交わしながら、里で八辻原《やつじがはら》と呼ばれる筋違橋《すじかいばし》御門に下ってきた。

気候もよし、そのうえ衣更《ころもが》えの季節だ。柳原土手《やなぎわらどて》の古着の露天市は大勢の客で賑《にぎ》わっていた。

「磐音様」

「なんじゃ」

磐音が振り返るとおこんが、

「ただ遊んでみたかっただけです」

と笑みを湛えた顔で答えたものだ。

磐音はおこんが独りで離れ屋に過ごしたひと月半を思った。

「寂しい思いをさせてしもうたな」

「いえ、うちには養父上も養母上もおられ、大勢のご門弟衆もおられます。少しも寂しくはございません」

「季助どのもそなたの心中を見抜いておったぞ。ほれ、その頬に寂しかったと書いてある」

磐音が顔を差すとおこんが慌《あわ》てて顔を触り、

「えっ、どこにですか」

と問い返した。

唇には紅板の紅が丹念に塗られていた。

「顔に文字なんぞ書かれているものか。そなたがあまり真剣ゆえからかってみたのじゃ」

「まあ」

と言ったおこんが、

「もう知りません」

と日傘をくるくると回しながら、さっさと両国西広小路へ下りていった。すると顔見知りの棒手振《ぼてふ》りの魚屋が、

「よう、今小町、里帰りかえ」

と声をかけた。おこんが、

「いかにもさようにございます。亭主どのを伴い、佐々木こん、今津屋にお宿下がりの途次にございます」

と応じると、

「へ、へえい、畏まりたくなるね」

と棒手振りが笑った。

両国西広小路では秋の陽射しを受けて今津屋の分銅《ふんどう》看板が光っていた。店の内外は相変わらずの混雑を見せていた。それでも、

「あっ、佐々木様とおこんさんだ」

と小僧の宮松《みやまつ》が目敏《めざと》く見付けて声を上げると、帳場格子の老分《ろうぶん》番頭の由蔵《よしぞう》の顔に、ぱあっとした喜びが走り、満面の笑みに変わった。

「おお、佐々木様が戻られたか」

由蔵が帳場格子をぴょんと飛び越えるようにして広い店の板の間に出てくると、

「ささっ、奥でもお待ちですよ」

と自ら三和土《たたき》廊下を案内して内玄関へと導こうとした。そして、二人がちゃんと従ってくるか確かめるように振り返ると、

「佐々木様、前田屋さん方の訴えが通ったようですね」

と言ったものだ。

「江戸で速水様が藩主秋元永朝様と話し合われたことが、藩の内紛を鎮める大きな力になりました。お蔭さまで前田屋は、これまでどおり紅花商いを続けることができるようです」

「それもこれも、佐々木様と吉原が素早く動かれたからですよ」

三人は今津屋の奥へ通った。庭に面した縁側の廊下で一太郎《いちたろう》が揺り籠《かご》を支えに自らの足で立っていた。

「おお、もはや立ち上がられますか」

「近頃では揺り籠を遊び道具と考えているようで、このようなことをして遊んでおります」

とお佐紀《さき》が答え、

「佐々木様、道中ご無事でのお帰り、なによりのことにございました」

と迎えた。

「留守の間、いろいろとお気遣いいただき、真に有難うございました。お陰で昨日尚武館に帰着いたしました」

「うちでも老分さんが首を長くしてお待ちでしたよ」

「それがしよりおこんにございましょう」

「おこん様は神保小路に参れば会うことができます。一方、佐々木様は旅の空の下、会いたくとも会えません。江戸におられぬと思うと退屈で退屈で、一日が長いのだそうでございます。そのようなわけで、このところ老分さんはぼんやりと時を過ごしておられましたよ」

とお佐紀が冗談を言い、笑った。すると、

「お内儀様にそう心底を見抜かれているとなると、この由蔵、そろそろご奉公を辞する時が来たのかもしれませぬな」

と真剣に答えたが、すぐに晴れ晴れとしたものに変わった。

「こうして佐々木様が江戸にお戻りになり、おこんさんと一緒に顔を見せられた。そう易々と引っ込むわけには参りませぬな」

「なんだか老分さんは、自分のお気持ちと独り相撲をとっておいでのようですね」

「お内儀様、こちらはお蔭さまで後継の一太郎様を授かりました。次ははい、尚武館の十一代目の後継誕生にございますよ。この由蔵、しっかりと見届けるまで、米沢町の角で睨みを利かせて頑張ります」

由蔵が自らを鼓舞するように言った。

第二章　利次郎の迷い

一

磐音とおこんが今津屋を出たのは、五つ（午後八時）過ぎのことだ。

磐音は今津屋の名入りの提灯《ちょうちん》を点していたが、秋口のこの刻限だ。

両国西広小路から両国橋にかけては灯りもあったし、大勢の人の往来があった。

「おこん、すっかり馳走《ちそう》になったな」

吉右衛門《きちえもん》が他出から七つ半（午後五時）に戻ってきたこともあって、磐音の帰着祝いの夕餉を馳走になることになった。

吉右衛門とお佐紀夫婦に由蔵、それに磐音とおこん夫婦が加わっての内輪の宴《うたげ》で、旅の顚末《てんまつ》などあれこれと話に花が咲き、おこんも久しぶりの実家に戻ったような表情で寛いだ。

「やはり武家方と商家は違うものですね」

「今津屋時代のおこんに戻りたいか」

「そうではございません。ただ、今津屋様と神保小路には、大河の流れほどの目には見えぬ溝がございます。それを改めて知り、身の引き締まる思いがいたしました」

「うむ」

と磐音は頷いた。

「磐音様」

「なんじゃ」

「昨日からつくづく、私は幸せ者と思っております」

「急になにを言い出すのじゃ」

「奈緒様は生まれ育った豊後《ぶんご》関前《せきまえ》を離れ、自らの意思とは関わりもなくその身を転々とされて、ようやく江戸に落ち着かれました。奈緒様がお偉いのは、どのような運命《さだめ》をも潔く受け入れ、松の位の太夫にまで昇り詰められました。その奈緒様に惚れたお方が出羽の紅花商人前田屋内蔵助様。地縁も血縁もない雪深い出羽山形へと身を移された奈緒様は大店《おおだな》前田屋のお内儀として確かな座を占められ、こたびの危難にも、内蔵助様の信頼を得て紅花文書を守り抜かれました。殿方でもなかなかできないことにございます」

磐音はおこんが改めてなにを言い出すかと黙したまま聞き入っていた。

「それでも頼りになるべき内蔵助様が捕らえられ、過酷な責めを繰り返される中、どれほどお独りで辛《つら》く、寂しい思いを重ねられたかと思うと、胸が張り裂けそうです。奈緒様だからこそ耐えられた、とわが身を振り返ったのです」

「そなたには深川六間堀という生まれ在所が川向こうにあり、こちらには実家同然の今津屋、そして、養父上《ちちうえ》養母上《ははうえ》のおられる神保小路がある、と」

「そして、なによりも磐音様が傍《そば》にいてくださいます。こんはつくづく幸せ者と思ったのです」

おこんの声はしみじみと秋の柳原土手に響いた。

「おこん、こたびの騒ぎで奈緒どのは一段とお強くなり、山形城下でさらに確かな内儀の座を、自らの手で築かれたとは思わぬか。内蔵助どのともますます強い夫婦《めおと》の絆《きずな》が生まれた、このことが大事なのだ」

「はい」

と応じるおこんの声が秋の夜気に澄んで響いた。

二人は店仕舞いした柳原土手に差しかかっていた。武家屋敷の庭からか、蟋蟀《こおろぎ》の鳴き声が儚《はかな》く響いてきた。

だが、おこんの五体はほんわりとした温もりに包まれていた。夜空を見上げたおこんは、

(おっ母さん、神保小路にちゃんとこんの居場所を築き上げるわね)

と心の中《うち》で呟いた。

(おこん、子供の頃からのおまえの悪い癖は、なんでも独りでやり通そうということだよ。もうおまえには大事なお方がおられるんだから)

(分かってるわよ、おっ母さん。磐音様と一緒に歩いていけばいいんでしょう)

(そのことを努々《ゆめゆめ》疑っちゃいけないよ)

と母の声が諭《さと》したとき、磐音が足を止め、提灯の灯りがかすかに揺れた。

辺りから往来の人々の気配が消えていた。

「待つ者がおる」

「あら」

とおこんが町娘の頃に戻ったような返事をして、

「磐音様、提灯を私に持たせてください」

「頼もう」

磐音がおこんに灯りを渡した。すると鎌倉町《かまくらちょう》と竜閑町《りゅうかんちょう》代地の間の路地から、ぱらぱらと人影が姿を見せた。

「菱沼佐馬輔どのではござらぬか」

昨日、千住掃部宿の大雨の中で出会った剣術家を磐音は透かし見た。

この夜、菱沼は仲間を四人従えていた。だれもが武家奉公の身なりではない。浪々の暮らしが板に付いた剣術家だ。

「そのほうの連れが虚言を吐いたと疑うておったが、まさかそなたが尚武館の養子とはのう」

「園八どのは嘘など言わぬお方にござる」

と磐音は穏やかに返事をし、

「大村源四郎どのは無事使者の任を続けておられようか」

と問うてみた。

「黙れ。市井の剣術家が口を挟むことではないわ」

「いかにもさよう。ところで菱沼どの、なんぞ御用にござるか」

「昨日は油断いたした。あのような恥辱を受けてはわが稼業に差し支える。斬る」

と菱沼佐馬輔が宣告すると、仲間が二人ずつ菱沼の左右に分かれ、剣を抜いた。

磐音は構えるふうもない。

「初実剣理方一流、甲冑を着けての抜刀術とか。戦国の御世の技が今に伝えられておりましたか」

「なにっ、調べたか」

「養父が調べてくれました」

「ほう、佐々木玲圓《えぐ》がな」

菱沼が柄頭《つかがしら》を抉り上げると腰の間に落ち着けた。その間に、四人がそれぞれ得意の構えに刀を御した。

「菱沼どの、われら夫婦が外出《そとで》したことをどこで調べられましたな」

「決まっておるわ」

「神保小路にございますか。それは迂闊千万《うかつせんばん》にございましたな」

「なにっ」

「そなた方は、神保小路がどのようなところかご存じないようだ。幕府開闢《かいびやく》以来、御城の東を固める譜代《ふだい》大名と直参旗本が長いこと住み暮らす武家地。たれもが馴染《なじ》みにございましてな、お手前方のような方々が訊き回るとすぐに知れます」

菱沼佐馬輔が磐音の悠然とした挙動と言葉を考えていたが、

「万三郎《まんざぶろう》、迂闊であったぞ」

と仲間を叱《しか》った。

「菱沼様、なにが迂闊と言われますな」

若い声が問い直した。

「そなたの行動、逐一知られていたということよ」

路地や柳原土手から、稽古着姿に木刀を下げた若武者たちが静かに現れ、菱沼ら五人を取り囲んだ。その数、菱沼らの倍はいた。

それでも菱沼の仲間は刀の切っ先を向けた。萎縮《いしゆく》したところがどこにも感じられないのは、数多《あまた》の修羅場《しゆらば》を菱沼とともに潜《くぐ》り抜けてきたことを示していた。

「出迎え、かたじけない」

「若先生、こやつら、ひっ捕らえますか」

でぶ軍鶏こと重富利次郎の平然とした声が応じた。

「利次郎どの、失礼を言うてはならぬ。それがし、旧知のお方と話をしておっただけじゃ」

と答えた磐音が、

「尚武館の若手の面々が、われら夫婦を出迎えてくれたようです。いかがなされますな、菱沼どの」

「おのれ」

と菱沼が歯軋《はぎし》りした。

磐音の他に利次郎らが加勢に入ったのだ、数の上でも形勢は逆転していた。

「秋の夜長、無風流はやめにいたしましょう。お引き上げくだされ」

「他日を期す」

菱沼が四人の仲間に合図を送ると、するすると路地へと後退していった。

「おこん様、お怪我はございませんか」

と利次郎が訊いた。

「怪我もなにも、私はただ旦那様のかたわらに立っていただけよ」

「出番がなくて申し訳ございません」

「出番ってなんのことですか、利次郎さん」

「ですから、あの切れのいい啖呵《たんか》が聞けなかったことを、残念に思っているところです」

「あら、利次郎さん、いつ啖呵など切ったかしら。私は痩せても枯れても、武術家佐々木磐音の妻にございます。はしたない啖呵など金輪際切ったことはございません」

にやりと笑った磐音が利次郎らの顔を見回し、

「霧子は行動を共にしておらなかったのか」

と問うた。

「最前まで一緒にいたのですが」

と利次郎が仲間を見回し、首を捻《ひね》った。

磐音は霧子が菱沼らを尾行していることを悟った。

「若先生、変な野郎が神保小路でうちのことを嗅《か》ぎ回っていると知らせてきたのは、屋敷に出入りの野菜売りにございます」

「菱沼どののお仲間は、やはり御城端がどのような武家地かご存じないようじゃな」

と答えた磐音は、

「さて、道場に帰ろうか」

と門弟衆に話しかけると、若い広瀬淳一郎《ひろせじゅんいちろう》が、

「おこん様、それがしが提灯を持ちます」

とおこんから今津屋の名入りの提灯を受け取り、先に立った。

磐音とおこんを囲むように稽古着姿の集団が武家地を行くと、擦れ違おうとしたお店者《たなもの》がぎょっとした顔で立ち竦んだ。

小僧を従えているところを見ると、掛取りの帰りか。

「恐れ入ります。尚武館の門弟の夜稽古にございます。怪しい者ではございません」

「おや、そのお声はおこんさんではございませんか」

「どちら様にございますか」

「本石町《ほんごくちょう》の三河屋《みかわや》与兵衛《よへえ》方番頭の卯助《うすけ》にございます」

「あら、三河屋の番頭さんでしたか」

三河屋は本紫《ほんむらさき》染所で、帯やお召しを扱った。今津屋とは昔からそれなりの付き合いがあった。

「卯助さん、私の亭主どのです」

とおこんが磬音を紹介し、

「女房が世話になっており申す」

と磬音が頭を下げた。

「おこんさんが神保小路尚武館の嫁に入られたと聞いておりましたが、やはり真《まこと》のことにございましたか」

「町屋から武家の嫁に鞍替《くらが》えにございます」

「おこんさん、いや、おこん様、ここでお会いしたのもなにかのご縁です。尚武館にも出入りさせてくださいましな」

さすがは商家の番頭だ、機敏に気持ちを切り替えた。

「卯助さん、うちは見てのとおりの男所帯。大勢の門弟衆はいても、女衆《おんなし》は養母と私と早苗さんの三人だけなの。三河屋さんの帯やお召しなど、気軽に購うことはないわ」

「いえ、おこん様。のんびりと商いをやっておる時世ではございません。旦那様の季節のお召し物から門弟衆の普段着まで、手広く扱うております。近々、ご挨拶にお伺いいたしますので、宜《よろ》しくお付き合いのほどお願い申します」

おこんが磬音を振り返った。

「買う買わぬは養母上とそなたが決めればよいこと。お仕着せくらいならばなんとかなろう」

「おこん様、よい旦那様のところへ嫁に行かれましたな。お話がお分かりでございますよ」

と挨拶した卯助は、小僧を連れて筋違橋御門へと下っていった。それを見送りながら利次郎が、

「若先生、さすがはおこん様でございますね。闇夜《やみよ》に擦れ違ったお店者から声をかけられるんですから」

と呆れた。

「わが嫁の名は江戸じゅうに知れ渡っておるようじゃ。利次郎どの、われらが百人束になっても敵わぬな」

と磐音が応じると、

「武家地の小路でいつまでも話していると怪しまれますよ。尚武館へ参りますよ」

とおこんは言うと、神保小路へと歩き出し、その後を磐音や利次郎ら一団がぞろぞろと従うことになった。

翌朝、磐音が道場に出ると、すでに重富利次郎が磐音を待ち受けていた。

「早いな」

「それがし、定期戦で連覇するには、これまでに倍しての稽古が肝要かと存じます。ゆえに半刻（一時間）ほど早起きいたしました」

「ならば共に稽古をいたそうか」

「はっ」

と利次郎が張り切った。

磐音は木刀を手に、いつものように直心影流の型稽古を丹念になぞり始めた。利次郎は磐音が打ち込み稽古に付き合ってくれると勘違いしたか、あてが外れたという顔をした。だが、すぐに気を取り直して磐音の型稽古に従った。

磐音はその場にだれがいようと、

「無念無想」

の境地に入り込み、ゆったりと木刀を振り下ろし、引き回し、払い、薙《な》ぎ、突きを入れ、身を転じる動きに没入した。

半刻の型稽古が終わったとき、磐音はたっぷりと汗をかいていた。

利次郎はと見ると、独り基本のかたちをなぞる稽古に倦み飽きたか、迅速な素振《ぶ》りを繰り返していた。

磐音は最後に神棚に向かい、結跏趺坐《けっかふざ》すると、短い時間だが瞑想《めいそう》して気持ちを改めた。

磐音が座禅から立ち上がったところに、住み込み門弟らが雑巾《ぞうきん》を手に道場に入ってきた。

「待たせたな」

磐音も雑巾を手に、広い尚武館の床を清める掃除が始まった。

二百八十畳ほどの床がぴかぴかに拭き上げられたとき、すでに通いの門弟も姿を見せていた。

全員が改めて神棚に向かい、拝礼した後、稽古が始まった。それを待ちかねたように、利次郎が磐音の前に飛んできた。

「若先生、ご指導お願い申します」

頷く磐音に利次郎は竹刀を差し出した。

「利次郎どの、本日は試合の相手の一人と思うて立ち合いなされよ」

磐音は打ち込み稽古ではないと宣告した。

「はっ」

と緊張した利次郎が、それでも意気軒昂《けんこう》に、竹刀を得意の構えの中段と上段の間に構えて磐音を見た。

鍛え上げられた利次郎の足裏が床をしっかと摑み、構えた竹刀も不動の構えで、気力も充実していた。

磐音は竹刀の切っ先を利次郎の目の位置に置く正眼だ。

利次郎の眼が油断なく光り、磐音の隙を見抜こうとした。

玲圓が、

「ちと勝ちを急いでおる」

と指摘した気持ちの焦りだった。

「えいっ」

と利次郎が裂帛《れっぱく》の気合いを発し、

「おう」

と磐音が受けた。

その瞬間、利次郎の五体がすうっと大きく踏み込まれ、引き付けられた竹刀が磐音の面へと振り下ろされた。むろん利次郎とて一本で決まるなどとは夢想もしていない。払われた後の連続攻撃に活路を見出そうとしていた。

だが予想外なことが起こった。

不動と思った磐音が利次郎の踏み込みに合わせて前進すると、いきなり胴を抜いてよろめかせていた。

「おっ！」

という驚きの声を発した利次郎が必死で踏み止《とど》まり、次の二の手を繰り出した。

この朝の磐音の攻撃は容赦なかった。

利次郎が攻めに出てくるその出鼻を悉く《ことごと》打ち砕いて攻撃を封じた。また利次郎の攻めが少しでも弱まると磐音のほうから攻勢に出て、

「心技体」

の隙間に生じた、

「勝負への焦り」

を指摘するように、とことん叩きのめした。

四半刻（三十分）の稽古が利次郎には無限の時間に感じられ、

「やめ」

の声が磐音からかかったとき、利次郎はその場に座して頭を下げるのもようよ

う の体《てい》で、

「よう辛抱した」

との磐音の声を聞いたとき、横倒しに崩れて意識を失い、仲間たちに井戸端へと運ばれていった。

火の出るような稽古に、道場は粛として声もない。ただ一人、

「品川さん、久しぶりに稽古をいたしましょうか」

といつもの磐音の声が道場に響いて、茫然自失《ぼうぜんじしつ》していた品川柳次郎が、

「はっ、はい」

と返事をして磐音の前に恐る恐る立った。

二

磐音は霧子とも四半刻の稽古をした。その稽古が終わったとき、霧子が、

「若先生、ご指導有難うございました」

と嬉しそうな顔をすると、

「昨夜《ゆうべ》の連中ですが、常陸麻生《ひたちあそう》藩一万石、新庄駿河守直規《しんじょうするがのかみなおのり》様の上屋敷に姿を消し

ましてございます」

と報告し、

「出入りを見張りますか」

と尋ねた。磐音はしばし考えた後、

「頼む」

と短く答えていた。

利次郎は一刻《いっとき》（二時間）後、道場に戻ってきた。だが、魂でも抜かれた人間のようにぼおっとして稽古にならなかった。それでも朝稽古の終わりまで道場に残り、時に独りで素振りをしたりしていた。

総当たり戦を前に、仲間が利次郎のところに集まった。

「でぶ軍鶏、なんだか変だぞ。体の調子が悪ければ総当たり戦はやめたほうがいい」

「若先生にあれだけ揉まれては、精も根も尽き果てたであろう」

「それにしても今朝の若先生は、人が変わられたように激しい稽古ぶりであったな」

と言い合った。すると利次郎が、

「総当たり戦には出る」

と短く答えた。

その様子を、霧子が仲間から少し離れたところで見ていた。

圧倒的な強さで全勝を続ける利次郎の相手は、出場者中最年長の鈴木《すずき》一郎平《いちろべい》だった。越前大野《えちぜんおおの》藩四万石土井《どい》家の御番組《ごばんぐみ》に属する鈴木は稽古熱心だが、一段上の技の壁を破ることに苦労していた。これまでの結果を見ても、およそ六割から七割の勝率で、二十六人の中位より少し上という成績だった。

利次郎と鈴木一郎平が竹刀を構え合った。

磐音が審判であり、この朝は玲圓が道場に残っていた。

利次郎はまだ磐音に打ちのめされた思いが尾を引き、このところ立ち合いでみせるぴりぴりとした緊迫と迅速が感じられなかった。

鈴木もそのことに気付いたか、訝しげな表情を見せた後、思いきって自ら仕掛けた。

正眼の構えから踏み込んでの面打ちを決め、当然相手から打ち返され弾かれることを想定しての初手だ。相手が反撃に出たら、素早く左足から後退しつつ、八の字に引き面を繰り返し打ち続ける策だった。

鈴木一郎平の得意手だが、尚武館道場でこの策で仕留められるのは初心の者しかいなかった。踏み込んでの面打ちから後退しての引き面の流れが、今一つ円滑ではないからだ。

だが、この朝、踏み込んでの面打ちに対して利次郎の打ち返しに力がないことを直感した鈴木一郎平は、そのまま押し込んで面から胴へと竹刀を転じて、
びしり
と決めた。

「胴一本、鈴木一郎平！」

という磐音の判定に、尚武館に残っていた人々から驚きの声が上がった。

この朝の敗北をきっかけに、利次郎の苦悩が始まった。

稽古に精彩を欠き、総当たり戦には一番若い神原辰之助《かんばらたつのすけ》にすら後れを取った。さらに五日続けて負けが繰り返された。

利次郎は完全に迷妄の中に身を置き、苦悩していた。それを玲圓も磐音も黙って見詰めていた。

この日も負けた利次郎は、腑抜《ふぬ》けのように道場を出ていこうとした。それを引き止めたのは霧子だ。

「利次郎さん」

でぶ軍鶏が腫《は》れぼったい瞼《まぶた》の顔を霧子に向けた。どうやら夜もよく寝ていないらしいことはだれの目にも分かった。

「なんだ、霧子」

「稽古をしませんか」

「稽古は終わったばかりだ」

「だからやるのです」

霧子の相貌《かお》は、尚武館に連れてこられたときとは一変していた。顔を覆っていた邪気が悉く剝《は》ぎ取られ、澄み切った瞳《め》で利次郎をひたと見ていた。

「霧子、おれを打ちのめしたいか」

「今の利次郎さんなら稽古を始めた初心の者でも負かせます」

霧子が言い切った。

「おのれ」

と歯軋りした利次郎が、よし、とそれでも必死の思いで答え、二人だけの稽古が始まった。まだ道場に残っていた曽我慶一郎らがその場に留まろうとするのを、依田鐘四郎が、

「今はあの二人だけにしてやれ」

と命じて道場の外に出した。そして、鐘四郎が道場の戸を閉めた。

井戸端に集まった試合の出場者たちが、閉じられた道場を振り返った。

竹刀が打ち合わされる音が響いた。一つは切れのよい音で響き、もう一つは鈍い音しか伝わってこなかった。

その音がだれの発するものか、だれもが分かっていた。

「霧子さんはなにを考えておられるのでしょう」

若い辰之助が呟いた。

「霧子はわれらと違い、荒波にもまれて苦労を重ねてきたからな。利次郎の悩みに付き合おうとしているのだ」

と年長の鈴木一郎平が応じた。

「すべては、一郎平さんに後れを取った朝からだ。あのときから、でぶ軍鶏の空回りが始まったぞ」

「いや、違います」

「どう、違うのだ」

いや、違うと答えた井筒遼次郎が、

「若先生に付けられた猛稽古で自信を喪失したことが、すべての因《もと》でしょう」

と言い切った。

しばらく井戸端に言葉がない。

豊後関前藩にあって幼き時から磐音を承知の上、ゆくゆくは坂崎家の後継となる遼次郎でなければ吐けない言葉だった。

「それは分かっておるのだ」

と曽我慶一郎が弱々しく答えた。

「なぜあのように厳しい稽古を付けられたか、それが分からぬ、とそなたらは申すか」

元師範の鐘四郎の声が、若い門弟の背後からした。

「師範、分かりませぬ」

振り返った門弟の一人が答えた。

「私には、若先生のお気持ちが分かるような気がします」

とその場にいた品川柳次郎が鐘四郎に応じた。

皆の視線が柳次郎にいった。

「母獅子《ははじし》がわが子を千尋《せんじん》の谷に突き落としたのです」

「なにゆえです」

辰之助が身もだえするように柳次郎に鋭く問い返した。

「自らの力で谷を這い上がってくるためです」

「それはなんのためにですか」

「利次郎どのがさらに大きな剣者となるための試練を与えられたのです。それがしはそう思うております。師範、この考えは間違うておりますか」

「品川どのは若先生とともに幾多の修羅場を潜り、苦労をともにされた仲だ。われらよりちゃんとお心が分かっておられる」

鐘四郎が言い切った。

「大きな剣者となるための試練でしたか」

曽我慶一郎が得心したように呟いた。

「師範、霧子さんはなぜ、ただ今の利次郎さんとの稽古を所望なされたのですか。今の利次郎さんは私にすら後れを取っておられます」

「辰之助、最前、品川どのは、母が子を千尋の谷底に突き落とすのは自らの力で這い上がってくるためだと申されなかったか」

「さように伺いました」

「だが、谷底で迷いの最中にある者には、そのような考えは思いつくまい、なにかきっかけがなければ、遥《はる》かに高い頂きへ挑戦する力は湧いてくるまい。霧子はそれを利次郎に悟ってもらいたいのだ」

「霧子さんは利次郎さんにそれを気付かせようと、稽古に誘ったのですか」

「それがしはそう見たぞ、辰之助」

一同は再び道場を見た。するとなんとなく、二つの打ち合う竹刀の音に最前より律動感が出てきたように思えた。

「谷底から這い上がって、でぶ軍鶏は、ほんものの若獅子に変じおるか」

曽我慶一郎が呟いた。

「利次郎の底力が試されておるのだ。なにも若先生は利次郎をいたぶったわけではない。それがしは、近頃の利次郎が試合の勝ちに拘る態度に注意を喚起しておられるのだと思う」

「あっ、そうか。それならば得心がいく。利次郎に付けられた稽古はわれら全員のためでもあるのだ」

慶一郎が言い切った。

「慶一郎の申すとおりである。今は利次郎のことは霧子に任せておけ」

鐘四郎はその場の解散を命ずるように言った。

この日の昼下がり、磐音はおこんを伴い、両国橋を渡って本所に向かった。最初に訪ねた先は本所南割下水の半欠け長屋だ。むろん竹村武左衛門《ぶざえもん》の住まいである。

二人が木戸口に立つと、長屋の子供たちが井戸端に集まり、なにかを覗《のぞ》き込んでいた。その輪の中から、

「大きな鯰《なまず》じゃのう。待っておれ。この竹村武左衛門が、自慢の腕前で一刀両断に息の根を止めてみせるによってな」

という武左衛門の胴間声《どうまごえ》が響き、

「えいっ」

という声に子供たちの歓声が呼応した。

長屋から出てきた勢津《せつ》が木戸の二人に気付き、頭に被っていた手拭いを外して腰を折り挨拶した。勢津は小脇《こわき》に竹笊《たけざる》を抱えていた。

「竹村さんは元気そうですね」

「子供相手の空元気です」

と勢津が答えるところに、

「夏の鯰じゃ、鍋《なべ》にいたすでぶつ切りにしたぞ。それでよいな、勢津」

と武左衛門が叫び、

「おまえ様、お客人にございます」

と勢津が告げた。

「なにっ、わが陋屋《ろうおく》に客人とな。たれじゃ」

という声に子供たちが木戸を振り返った。早苗の弟妹の秋世《あきよ》、修太郎《しゅうたろう》、市造《いちぞう》らの顔が混じり、

「父上、佐々木様とおこん様にございます」

と秋世が武左衛門に告げた。

「おおっ、戻りおったか」

子供たちが左右に散らされると、井戸端に片脱ぎになった武左衛門が捻《ねじ》り鉢巻で鯰を捌いているのが見えた。

「鰻割《うなぎさ》きの達人が参ったぞ。佐々木さん、鯰くらい容易に捌けよう」

「おまえ様、尚武館の若先生になんということを」

「そうか、鰻割きは昔の身過ぎ世過ぎであったな」

と応じた武左衛門が、

「おこんさん、早苗は元気にしておるか」

と長女の様子を尋ねた。

「竹村様、ご安心ください。さすがは勢津様が手塩にかけて育てられた娘御です。すっかり佐々木の家風にも慣れ、養母上にも可愛がられておいでですよ」

「おこんさん、手塩にかけたのは勢津だけではないぞ。それがしが勢津の後ろにでーんと控えていればこそ、早苗がしっかりした娘に育ったのだぞ。それを忘れてもろうては困る」

と言った武左衛門は、

「よし、これくらいでよかろう」

と出刃包丁と俎板《まないた》を水で洗い始めた。

「秋世さん」

とおこんが早苗の妹を呼ぶと、腕に抱えてきた包みを渡した。

「甘いものが包んであります。母上に願って皆様で分けてくださいな」

「おこん様、有難うございます」

秋世が嬉しそうに勢津のもとに駆け出していった。

「甘いものだけか。川向こうは気が利かんな。角樽《つのだる》くらい提げてきてもよさそうじゃがな」

と悪態を吐《つ》いた武左衛門が、

「上がれ、と言うても、狭い長屋に子だくさん、ご両人が座る場所とてない。どうじゃ、若先生、おこんさん、品川柳次郎の家に先に行っておらぬか。それがし、ここを片付けたら参るでな」

と言い出した。

「竹村さんのお元気な顔を見れば、用事は済みました」

「なにっ、柳次郎の屋敷に行かんでもよいと申すか。それは冷たいではないか。そなたがなんと言おうと参るでな。先に行っててくれ」

と武左衛門が磐音らに指図までして、片脱ぎのまま立ち上がった。すると痩せた脛《すね》が、はだけた裾《すそ》の間から痛ましく見えた。

「おこん、品川さんの屋敷に参ろうか」

頷いたおこんが勢津に、

「また参ります」

と別れの挨拶をした。

路地を出たところで、磐音は呟いた。

「もはや力仕事は難しかろう」

「足の脛の肉が戻っておられませんね」

とおこんも応じた。

二人は秋の陽射しの中、南割下水から北割下水の品川家に向かって黙々と歩いた。そして、いつもの傾きかけた冠木門《かぶきもん》の前で、

「おや、どうしたことか」

と磐音が呟いた。

なんと品川家に大工が入り、傾きかけた門の修理をしている様子があった。

「母上、佐々木さんとおこんさんが参られましたぞ」

二人の訪《おとな》いに気付いた柳次郎の声が響いて、姉さん被りをした幾代《いくよ》が椎葉有《しいばゆう》を従え、門に出てきた。その後ろから柳次郎が、年寄りの棟梁《とうりょう》と大工を従えて姿を見せた。

「普請にございますか」

「普請とは大袈裟《おおげさ》な。傾いた門があまりにも見苦しいので元に戻しているところです」

幾代が苦笑いした。

「わが屋敷は久しく手入れなどしていませんので、門だけと思うていたらあちらこちらと手をかけるところが出てきて、棟梁の頭を悩ませているところです」

こちらは柳次郎が笑みを浮かべて言った。

「柳次郎、頭を悩ますのは棟梁ではなく、私ども品川家の者です。先立つものがふんだんにあれば宜しいのですが、そうも参りません」

「母上、金は天下の回りものといいますぞ」

「柳次郎、竹村武左衛門どののようなことを言うでない。あてなき金子《きんす》で手入れができるものですか」

「母上、お有どのが嫁に参られるのです。この際、思い切って若夫婦のためにも住み心地のよい手入れをなさいませぬか」

と柳次郎の言葉にお有も大きく首肯《しゆこう》した。

「若い二人にそう口を揃えられると、私も折れるしかございませぬかな。佐々木様」

幾代が磐音に話の矛先を転じた。

「それがしもこのような折りに、傷《いた》んだところをすべてお直しになるのが宜しいかと存じます」

「佐々木様も柳次郎のお味方ですか。ならばおこん様はどうですか」

「亭主どのの思案はこんの考えにございます」

「四対一では太刀《たち》打ちできませぬか」

と幾代が思案した。

「分かりました。この品川幾代、清水の舞台から飛び降りましょう。棟梁、積年の傷みを綺麗にするとどれほどの金子がかかるか、見積もりを立ててください」

「へえっ」

と棟梁が頭を下げて屋敷のほうへ戻っていった。

「山形に行かれていたそうな、お帰りなさいませ」

幾代が改めて磐音に挨拶したところに、武左衛門が汗をかきかき、姿を見せた。水を何度も潜ったよれよれの単衣《ひとえ》の着流しに、小刀だけは差していた。それがせめてもの武士としての矜持《きょうじ》か。

「なんだ、一献傾けておるのではないのか」

「日中からなんということを申されますな、竹村どの」

と幾代がじろりと睨み、武左衛門が首を竦めて、

「おや、刀自《とじ》はそこにおられたか」

「なにが刀自です。品川家の当主はもはや柳次郎です」

「なに、柳次郎が当主ですと。驚いた」

「竹村どの、腹に一物ありそうなお言葉じゃな」

と幾代が屋敷から自慢の薙刀《なぎなた》でも持ち出さん勢いで詰問した。

「ささ、皆様、お茶にいたしませぬか」

お有が場をとりなすとおこんも、

「お有様、室町《むろまち》の菓子舗瑞穂《みずほ》の大福餅《だいふくもち》を購って参りました」

と言い出し、一同ぞろぞろと糸瓜《へちま》がぶら下がった棚の下を通り、縁側に出た。

すると帳面を広げた親方と職人が雨戸の具合を調べていた。

「柳次郎、そなたの家に大工が入っておるようだが、手を入れて売りに出すつもりか」

柳次郎が武左衛門を睨んだ。

「痩せても枯れてもうちは御家人、これは上様からの拝領屋敷だぞ。勝手に売れるものか」

「そうか。世間では御家人株ごと売り買いするって話だがな」

「竹村どの、そこに直りなされ」

幾代がまた形相凄《すさ》まじく睨んだ。

「いえ、幾代様、これは親しい友同士の戯言《ざれごと》にございましてな、他意はございませぬ」

と素直にも詫びた武左衛門が、おこんが竹皮包みを開くのを見て、

「ほうっ、大福餅とな。日頃は甘味など食さぬが、これは美味そうな」

と一つ摘んで口に押し込んだ。

「柳次郎、代々伝えられし筑紫《ちくし》薙刀刃渡り一尺七寸を持ちやれ」

「母上、いくら竹村の旦那に申し聞かせても無駄にございます」

と柳次郎が言ったところにお有が茶を淹《い》れてきた。

「ささっ、おこん様お持たせの甘いものにございますよ」

とお有が言うのを聞いておこんは、

(品川家も確実に代がわりの時を迎えておられるわ)

と微笑ましく思った。

三

磐音とおこんは半刻ほど品川家の縁側に邪魔をして四方山話《よもやま》に花を咲かせ、武左衛門とともに辞去した。

長居をしなかったのは大工が入っていたからだ。

「酒も飲まず、大福餅なんぞでようもにこにこと話ができるな」

と武左衛門が言いながら二人に従ってきた。

磐音が武左衛門と肩を並べ、日傘を差したおこんが前に出るかたちになった。

「そなたら、どこに行くつもりじゃ」

磐音とおこんの足は北割下水を東に向かっていた。

「本所深川界隈《かいわい》の知り合いに無沙汰《ぶさた》のご挨拶に参ったのです。ついでと申してはなんですが、法恩寺橋の地蔵蕎麦《じぞうそば》に立ち寄ります」

「しめた」

と武左衛門が言った。

「あら、なにがしめたでございましょう」

おこんが日傘をくるくると回して振り返った。

「おこんさん、決まっておるではないか。竹蔵《たけぞう》親分の店は蕎麦屋だ。もりできゅっと酒を飲むにはよい季節と思うたのだ」

「竹村様に限って、お酒が悪い季節がおありですか」

「春よし夏よし秋によし、ついでに冬の熱燗《あつかん》はさらによし。おこんさん、酒が飲みたいと五臓六腑《ごぞうろっぷ》が言うているのじゃ。それがしではない」

「まあ、都合のよいことで」

おこんが笑ったとき、北割下水と横川が合流する中之郷横川町の河岸《かし》に出ていた。水面《みなも》が陽射しを照り返し、おこんの顔を白く浮かび上がらせていた。光はもはや夏のものではない。陽射しも照り返しもどことなく穏やかだった。

三人はさらに法恩寺橋に向かって南に進む。

横川の水面を赤蜻蛉《あかとんぼ》が群れて飛び交っていた。川縁《かわべり》に流れ着いて石垣に根を下ろす水草も、寂しげな黄色に変わろうとしていた。

磐音の脳裏に、
ふわり
と紅花畑の鮮やかな黄色が浮かんだ。

夏の盛りとはいえ、羽州《うしゅう》街道の陽射しはなんと強烈なものであったことか。

（山形の紅花の鮮やかさはあの暑さがもたらしたものか）

「竹村さん、怪我の治りが今一つのようにお見受けいたしますが」

磐音は脳裏の光景を振り払い、話を戻した。

「至って順調だぞ」

と武左衛門が磐音を振り返ったのへ、磐音が優しい眼差しで見返した。

「ふうっ」

と小さな息を吐いた武左衛門が、

「若先生には通じぬか」

と洩《も》らし、

「正直、この程度の怪我がなぜいつまでも尾を引くのか解《げ》せん。若い頃は怪我に唾《つば》を擦《す》り込んでおれば一夜で治ったものだがのう」

と嘆いた武左衛門の返事には憂慮が籠《こも》っていた。そして、思いがけなくも悲痛な言葉を口にした。

「勢津にも早苗にも心配をかけて、わが身を情けなく思うておる。若先生、どうすればよい。竹村武左衛門、これで終わりか」

「竹村さん、老いばかりは、富貴貧者一様に神が授けられしものにございましょう。致し方ございますまい」

「怪我の治りが遅いのはそれがしが老いたせいと言うのか」

磐音を見詰める武左衛門の顔は哀《かな》しみに暗く沈んでいた。

「品川家を見てごらんなさい。幾代様は矍鑠《かくしゃく》としておられるが、品川さんとお有どのの時代がもはやそこに見えております。それが一家の暮らし、人の世の移ろいにござる」

「おれは品川家と違い、いささかの扶持《ふち》もない浪人暮らしだ。生涯働かねば困るのだ」

言葉に苛立ちが見えた。

「竹村さん、力仕事をやめるときがきたと思いませんか」

磐音は思い切って訊いてみた。

武左衛門からしばし返事はなかった。磐音も重ねて問おうとはしなかった。

長い沈黙の後、武左衛門が問うた。

「力仕事をやめておれになにが残る」

「ものは考えようです」

また沈黙があった。

「勢津どのはよう頑張っておられます。ですが、人の頑張りにも限度がございます。勢津どのもまた竹村さんとともに歳《とし》を重ねておられるのです」

「分かっておる」

武左衛門は苛立っていた。

三人は沈黙のままゆっくりと河岸道を歩いていった。

磐音は、法恩寺橋際に御用船が止まって町奉行所の小者《こもの》らが暑さを避けるように柳の木陰で憩っている姿を見た。

定廻《じょうまわ》り同心の町廻りではない。なにか異変があったか、与力《よりき》の見廻りと思えた。

そんなことを磐音が考えたとき、

「おれが刀を捨てればなにか変わろうか」

と武左衛門が磐音に訊いた。

「刀を捨てることがよきことかどうか、それがしにはわかりかねます。新たなものを得るために、竹村家が一歩を踏み出す時期に差しかかっているようにお見受けいたします。そのために武士を捨てるのも一つの方策にございましょう。ですが、それを選ぶのは竹村さんご自身です」

「一家五人、三度三度の飯が食えるならば、見かけだおしの武士など捨ててもよい」

血を吐くような武左衛門の言葉だった。

「竹村様」

これまで聞いたこともない武左衛門の悲痛な叫びに、おこんが足を止めて振り返った。

「早苗までそなたらの屋敷に奉公に出て家計を助けようとしておる。当主のおれがこの体たらくではどうにもなるまい」

「竹村様、そのお覚悟があればきっと道は開けます」

おこんが言い切った。

「若先生、おこんさん、なにができるか考えてみる。知恵を貸してくれぬか」

「承知いたしました」

磐音が短く答えた。

地蔵蕎麦の店から、陣笠を被った小柄な与力が胸を張って出てきた。

「笹塚《ささづか》様」

とおこんが呼び、陣笠の縁をわずかに上げた笹塚が横川越しに河岸道を見て、

「おおっ、神保小路小町のおこんさんに佐々木どのが、本所の疫病神《やくびょうがみ》と一緒におるぞ」

とにっこり笑った。

「なんじゃと。言うに事欠いてちびの与力め、おれのことを疫病神とぬかしおったぞ」

と武左衛門は呟くと、

「いくら地蔵蕎麦でも、南町奉行所の知恵者与力がいては酒も出すまい。疫病神は消えるぞ」

と言って、

すうっ

と本所の武家地に曲がり、声だけが聞こえてきた。

「ご両人、最前のこと、竹村武左衛門の本心《しんし》にござる」

磐音とおこんは友の言葉を真摯に受け止めた。

「磐音様、また重い荷を負わされたようですね。竹村家の危難です、なんとか思案してくださいませ」

「はて、なにが竹村家にとってよきことか」

二人は法恩寺橋を渡った。すると黄色に色付き始めた柳の下に、南町奉行所年番方《ばんかた》与力笹塚孫一《まごいち》と定廻り同心木下一郎太《きのしたいちろうた》が揃って二人を迎えた。

「いつお戻りでしたか」

一郎太の陽に焼けた顔がにこにこと訊いた。

「六日前に帰府いたしました」

「冷たいのう。六日も前に江戸に帰着しながら南町には挨拶もなしか」

と笹塚孫一が磐音に嫌味を言い、おこんが即座に、

「笹塚様、うちの旦那様は南町奉行所の役人ではございませぬ」

と釘《くぎ》を刺した。

「おこんさん、神保小路に入ったら急に素っ気なくなったようじゃな」

「そのようなことはございません。笹塚様が磐音様を奉公人のようにお使いになるのを案じているだけです」

「まあ、そう手厳しく言うてくれるな。われら相身互いの間柄じゃからのう」

と平然と答えた笹塚が、

「一郎太、永の道中から江戸に戻ってきた佐々木磐音どののとこのまま別れるのは、礼儀知らずというものであろう。竹蔵の店に戻り、久闊《きゅうかつ》を叙すとするか」

と言い出した。

「うちの旦那様になにか頼み事をなさるのではございませんよね」

「いやいや、夫婦水入らずのところに水を差すようなことは、この笹塚孫一、決していたさぬ」

おこんが磐音を見た。

「磐音様、私は先に父のもとに参ります。笹塚様、木下様と、積もる話を存分になさってください」

とおこんが言い残し、深川六間堀へ向かおうとした。すると、

「あいや、おこんさん」

と笹塚がおこんを呼び止め、

「一郎太、本所から深川六間堀までは女の足でだいぶあるぞ。亭主どのをお借りするお礼に、御用船で送るよう小者に命じよ」

と手配りした。

「笹塚様、南町奉行所の御用船に乗るなんて滅相もないことでございます」

「どうせ待たせておる船だ。なにほどのことがあろう」

と笹塚が答え、一郎太が、

「遠慮は無用です」

とおこんを御用船へと誘《いざな》った。

「磐音様」

おこんが磐音に助けを求めた。

「笹塚様もああまで仰《おっしゃ》っておる。乗せてもらうがよい」

と勧め、一郎太とともに船までおこんを見送った。それでも、

「磐音様、笹塚様のお頼みを易々とお受けにならないでくださいませ」

とおこんが案じ顔で言い、御用船が法恩寺橋を離れた。

「木下どの、笹塚様直々の本所見廻りとは、格別な探索にございますか」

「いえ、今すぐどうのこうのということはないのですが」

一郎太が持って回った返答をした。

磐音は地蔵蕎麦の店に久しぶりに足を踏み入れた。

「佐々木様、お帰りなさいまし。笹塚様も木下の旦那も、尚武館の若先生がいない江戸はつまらぬと言い暮らしておいででしたよ。わっしも佐々木様のお顔を拝し、なんだか急に夏の疲れが取れたようですよ」

と地蔵の親分こと竹蔵が破顔して磐音を迎えた。

「店の中から、法恩寺橋を渡ってこられる佐々木様とおこん様の姿を見て、まるで一幅の絵、横川に艶《あで》やかな大輪の菊が咲き揃ったようで眩しゅうございましたよ」

と竹蔵の女房おせんがかたわらから笑った。

「おかみさん、本日はなにも申さず世辞を受け止めよう。旅をしてみるとよう分かるが、蕎麦ばかりは江戸に限ります」

「佐々木様、それを言うなら地蔵蕎麦と、こう願いますぜ」

と笑った竹蔵が、

「今、打ち立ての蕎麦を供します。しばらくお待ちください」

と本業に戻って言った。

笹塚孫一は横川の流れが簾《すだれ》ごしに眺められる小上がりに悠然《ゆうぜん》と座り、月代《さかやき》にかいた汗を手拭いで拭っていた。

磐音と一郎太は笹塚の向かいに並んで腰を下ろした。

「秋風が吹くというに、いつまでも暑さが続くのう」

「笹塚様、夏の羽州街道の暑さに比べれば可愛いものにございます」

「ほう、羽州の夏はさほどに暑いか」

じっとりと暑うございます。江戸に戻りあの暑さが黄色の紅花を育てるのだと気付かされました」

笹塚孫一が紅花の咲く景色でも思い浮かべるように目を瞑《つむ》った。

「やはり紅花は最初黄色か」

「黄色の花が紅になるのは、人の手があれこれと加わった結果のようです」

「外《よそ》のみに見つつ恋なむ紅《くれなゐ》の末摘花《すゑつむはな》の色に出でずとも」

と思いがけない『万葉集』の夏の相聞歌が笹塚の口から洩れた。

一郎太が驚きの顔で笹塚を見ると、

「どのような意にございますか」

「そなた、万葉集に親しんだことはないか」

「それがし、代々三十俵二人扶持の町方同心にございますれば、万葉集など紐解《ひもと》いたことはございません」

「居直るでない、一郎太」

と一喝した笹塚が、

「これはのう、万葉集巻十、夏の相聞、花に寄す、とある恋の歌でな」

「恋の歌にございますか」

「おう、いかにもさようじゃ。いまはただ遠くからお慕い申しております。ちょうど末摘花と呼ばれる紅花が最初は黄色でありながら、赤い紅に変ずるように、私の想いもそのうち熱く変じましょう、という紅花の変化に託した恋の歌だ」

「驚きました」

と一郎太が答えたところにおせんが酒を運んできた。

「最前は御用中ゆえ酒はやめておこうと言われましたが、こうして佐々木様が永の道中から無事お戻りになったのです。蕎麦をつまみにいかがですか」

と竹蔵が如才《じょさい》なく三人に酒を注《つ》いだ。

「佐々木どの、ご苦労であったな」

としみじみと言った笹塚が酒を口にゆっくりと含み、しばらく口内で味わうように転がしていたが、喉が鳴って胃の腑に落ちたか、

「ふうっ」

と息を吐き、

「友と久しぶりに飲む酒は美味いわ」

と嘆声した。そして、

「そなたも飲まれよ」

と磬音に勧め、空の盃を竹蔵の前に差し出し催促した。

磬音も静かに、竹蔵の心づくしの酒を飲んだ。

「そなた、昔の許婚どのとは会うたのか」

笹塚をはじめ、ここに集う男三人は奈緒の波乱万丈の半生を承知した者ばかり、またこたびの道中の理由も承知していた。

「会うたといえば会うたのでございましょう」

「なんじゃ、その持って回った言い方は」

磬音は親しい友らに山形での顚末を手短に告げた。磬音が話を終えても、笹塚らはしばしなにも発しなかった。

「なんとのう」

と呟いた笹塚が、

「前田屋は山形藩との関わりを取り戻したのじゃな」

「旧に復しました」

「それが奈緒様にとって幸せを取り戻す一番のことにございましょう。ならば佐々木さんの山形行きの首尾は上々であったというべきです」

「一郎太、そのようなことは最初から分かっておるわ。それがしが言いたいのは、この御仁と奈緒どのの間柄だ。藩政改革が二人の若い男と女の運命を大きく変えたとは申せ、もはや別々の道を歩んでおるのじゃ。虚心坦懐《きょしんたんかい》に面談し、話ができぬものかと思うたのじゃ」

と笹塚が苛立ったように言った。

「笹塚様、奈緒様にとってはそれほどに、坂崎磐音なるお方への想いが大きかったということにございましょう」

「坂崎磐音はもはやこの世におらぬ。佐々木磐音として生まれ変わったのじゃ」

「いかにもさようです。奈緒様も頭では分かっておられる。ですが、身近に対面すれば、必死に保ってこられた今が、お気持ちが音を立てて崩れ落ちると考えられたのではないですか」

「ふうっ」

と笹塚が息を吐いた。

「最前、笹塚様は私に相聞歌を教えてくださいました。私は独り者ゆえ、男女の機微など分かりませんが、遠く離れた地でそれぞれに育む、生涯叶《かな》わぬ恋があってもよいのではございませんか」

「遠く離れた、叶わぬ恋か━

「はい」

「外のみに見つつ恋なむ紅の末摘花の色に出でずとも、か。別々の道を歩きながら胸に秘めた恋も、恋か」

と笹塚孫一が呟いたが、磐音は黙したままだった。

「ささっ、笹塚様、酒をお一つ」

と竹蔵親分が徳利を差し出した。

「なにやら、佐々木どのの話を聞いた後では、われらの話、しにくくなったのう」

と笹塚が嘆き、

「なんぞ御用ですか」

と磐音がその場の話題を変えるべく笹塚に訊いた。

四

「なんともこのような話の後ではしにくいがのう。なあに、今すぐ動くことではない。そなたが山形に行っておる間の出来事ゆえ、知るまい。四方山話として聞いてくれぬか」

と笹塚が視線を遠くに投げた。

「笹塚様が言い淀まれるなど、珍しゅうございますな」

と磐音が笑うと一郎太が、

「私が前座を務めます。佐々木さんは、この七月五日に無宿人六十人が、佐渡《さど》相《あい》川《かわ》金銀山の水替え人足として江戸を出立したのをご存じですか」

「いえ、存じません」

磐音は初耳だった。

「ならば最初から話します。佐渡の金銀山は幕府開闢から創立までと、その後の屋台骨を支えてきたのはどなたも承知のことです。ですが、金銀山発見からおよそ百八十余年の歳月が過ぎ去り、昔ほど金銀の産出が上がりません。その昔は地表に露呈している金脈を山師が発見し、金穿師《きんせんし》らがいきなり粗掘りして、金銀が出なくなると次の場所へ移動していくやり方だったようです。したがって海近くから山奥へと、だんだんに捨山が並んでいるそうです。近年、佐渡では新しい金銀鉱脈の発見は難しい。そこで佐渡奉行所では、捨山をもう一度見直すことを考えた。ところが金銀山というところ、地中深くなればなるほど水が湧き出て、亢道の崩壊も頻発し、危険な作業になるもののようです。水を排水する水上輪とか大きな滑車を使っての鉱石運搬、また寸法樋《すぽんとい》、竜骨車《りゅうこつしゃ》とかいう道具を入れて、坑口から深く遠い現場での金銀掘りという、苦しくも危険なことに従事することになる。これまでこの作業は佐渡の住人らで行ってきたのですが、坑内の崩れなどで死者や怪我人が続出し、働き手を確保するのが難しくなったそうな。そこで江戸において勘定奉行と江戸町奉行が話し合い、一つの妙案をひねり出したのです」

「遠い佐渡での人足不足を、江戸で徴募するというのですか」

「そのとおりです」

と一郎太が言い、

「勘定奉行から江戸町奉行に話があったのは昨年末のこと。江戸とその周辺の無宿人を佐渡に送り、水揚げ作業に従事させようというのです」

「それが最初の話に繋がるのですね」

「いかにもさよう。この案に、佐渡奉行は最初強硬に反対なされたと聞いておる。それはそうであろう。無宿人の使役は、無宿人の扱いに慣れた者でないと監督できぬ。それに、住まい、賃金などをどうするか、島抜けなどがあったとき、取締りをどうするかなど、反対の理由をいろいろと上げられたようだ。むろんこの無宿人は前科なき者との規定があった」

　と笹塚が一郎太の話を補足した。

「それで最初の無宿人らが江戸を出立し、佐渡に向かったのですね」

　頷いた笹塚孫一が、

「そなたもとくと承知のことだ。近年、日照り長雨、凶作、疫病の繰り返しで、江戸に流入する逃散者が急増しておる。無宿人になったこの者たちの処遇をどうするか、幕府が頭を悩ますところであった。佐渡では人手不足、江戸には在を離れた百姓、無宿人が無数おる。とにかく双方の利害が合致しての佐渡送りになった」

「なんぞ厄介《やっかい》ごとが発生したのですか」

「前科なき無宿人に佐渡行きを呼びかけたところで、そうそう数が揃うわけではない。そこでな、苦し紛れに入れ墨者を紛れ込ませた」

「なんと、前科者をいきなり佐渡に送られたのでございますか」

「そういうことじゃ」

笹塚孫一が磐音の追及に苦衷の顔を見せた。

「それと笹塚様方の本所見廻りとに、関わりがあるのですか」

「それがあるのです」

と一郎太が言い出した。

「野州《やしゅう》無宿で竜神《りゅうじん》の平造《へいぞう》ら一統四人を佐渡行きの人数に繰り入れ、江戸を離れさせました。こやつら、この界隈であれこれ悪さを繰り返した連中で、くそ度胸もあり、腕っ節も強いのです。北町の連中が悪事を洗いざらい暴いた上、平造に直談判して、鳥も通わぬ八丈島に島送りになるか、それとも佐渡に行き、人助けをしながら日給を稼げる道を選ぶか、迫られた末に、平造一味は奉行所の手を逃れられないと観念したか、佐渡行きを選んだのです」

「なんとも呆れた話です。そのような者を送り込まれた佐渡は苦労なされましょうに」

「そう申すな。すべてが初めてのことでな、北町も背に腹は替えられなかったものとみえる」

「ふうっ」

と息を吐いたのは一郎太だ。

「ところがこやつら、佐渡に行き着くどころか、熊谷《くまがや》宿で早々に一行から逃げ出したのじゃ」

「笹塚様方は、竜神の平造がこの本所界隈に舞い戻っているのではと見廻りに来られましたか」

「今月は南町の月番、北町の尻拭いをわれらがしておるところじゃ」

「して、戻った形跡はございましたか」

「今のところはない。だが、江戸を出立する前から、北町の顔を立ててかたちばかり江戸を離れるのだ、佐渡なんぞに行かされてたまるものか、すぐに戻ってくると仲間に言い残しておるのじゃ」

　磐音は返答もできなかった。

「佐々木様、もう一つ心配事がございますので」

　と黙って酌を続けていた竹蔵が言い出した。

「佐渡行きの一行から抜けた平造ら四人には、二人ばかり新たな仲間が増えていました。無宿人と思われた二人、どうやら浪々の剣術遣いらしく、平造一味は六人になって江戸に舞い戻ってくる算段のようなのです」

「それもこの本所界隈と、考えられたのですね」

「人間という者、馴染んだ土地に戻ってくる習性があってな、竜神一味も必ずこの地に戻って参る。なにしろ旗本屋敷に大名家の下屋敷と、われらがなかなか手を出せぬ屋敷がごろごろしておろう。このような屋敷の中間部屋《ちゅうげん》では賭場《とば》が開かれ、平造らが潜り込むにはうってつけなのじゃ。食うにも飲むにも稼ぐにも困らぬこの本所のようなところなど、そうそうないからな」

と笹塚孫一が締め括った。

「というわけで、笹塚様直々のお出張り《でば》にございましたので」

と竹蔵が言い、

「なんの手がかりも摑めなかったが、佐々木若先生とこの地で会うことができた。これも偏《ひとえ》に南町との深い因縁であろう。愉快ではないか」

と笹塚が嬉しそうに言い、

「竹蔵、やはり見廻りをせねば町奉行所の与力同心とは申せぬな」

と破顔した。

「しばしお待ちくだされ」

「なんじゃ」

「今一つ解せませぬ」

「どこが解せぬ」

「竜神の平造一味、叩けばいくらでも埃が出る連中にございますな」

「いかにもさよう」

「八丈島遠島もありうる大罪人が佐渡行きを選んだのは、最初からどこかで抜ける腹づもりがあってのことでございましょう」

「そうであろうか」

「そのような者が馴染みの地の本所に戻れば、江戸町奉行所の意地もございます。すぐに捕縛《ほばく》されて、次は獄門台に首を晒すことになるやもしれませぬ」

「まあ、そのようなことも考えられようか」

笹塚の舌鋒《ぜっぽう》が鈍ってきた。

「いくら馴染みの土地とは申せ、佐渡行きの一行から抜けた連中がいきなり本所に戻るとは考え難いのではありませぬか」

「そのような考え方もあろうかのう」

「笹塚様方は、竜神の平造一味がこの地に戻ってくると確かな証《あかし》を持たれたゆえ、本日のお出張りがあったのでございましょう。その辺がどうも解せませぬ」

「言われれば確かにそのとおりでございますね。平造一味が中山道の熊谷宿から抜けることとなると、まずは手近の関八州《かんはっしゅう》の賭場をしのぎの場とすることも考えられませ」

と地蔵の親分が磐音の疑問に賛同した。

「ふーむ。そのようなこともあろうかな」

と笹塚がとぼけようとした。すると一郎太が、

「笹塚様、佐々木さんを騙《だま》すのは無理です。手の内を洗いざらい曝け出したほうがようございます」

と言い出した。

「えっ、木下の旦那、竜神の平造らが佐渡行きから抜けたについて、なにか裏があるんでございますか」

と竹蔵親分は一郎太を窺《うかが》い、とぼけ損ねた笹塚孫一に視線を移した。

「騙すなど、最初から思うておらぬぞ、一郎太。佐々木磐音どのは、坂崎磐音と申された時代から南町の大黒様じゃ。このお方が動けば、悪党捕縛はいうに及ばず、悪党どもが溜《た》め込んだ金子の一部が南町の探索費に回ってくる仕組みであった」

南町奉行所の知恵者与力笹塚孫一には、だれにも真似《まね》ができない豪腕の技があった。

悪党らを捕縛し、盗み溜めた金子などを押収した際、その悪党がどこから強奪したものか、不明の金子が生じることがある。そのような場合、笹塚孫一は当代の奉行の暗黙の了解のもと、その一部を奉行所の探索費として保管し、御用の足しにしていた。幕府の財政難から町奉行所の費用も十分に行き渡らないがゆえの苦肉の策だ。

「まあ、そういう一面もございましたな」

「だが、金兵衛《きんべえ》長屋の浪人坂崎磐音は神保小路に養子に入り、幕府の要人方と親しき交わりも生じ、お偉方の仲間入りをなさっておる。われら下々の町奉行所役人が気軽に頼みごとをするには憚《はばか》りがあろう」

「と言いながら、事情も伝えずに頼みごとをなさろうとしておられます。木下一郎太、気がひけます」

「分かった」

と笹塚孫一が叫び、手にしていた盃を置くと、

「佐々木どの、隠しごとをしたわけではないぞ。だが、ほれ、役所というものの融通の利かぬところでな、外部の者に情報を洩らすなとあれこれ言う者もおるのじゃ。それがしの苦衷《くちゅう》、察してもらいたい」

「笹塚様、それがし、いかにも南町奉行所の外の者にございますれば、当然伝えられぬ話があっても不思議はございませぬ。最前のお話も聞かなかったことにいたしましょう」

「ま、待った。そう言われてはそれがしの立場もないぞ。なんとしても最後まで聞いてくれ、頼む」

磐音は致し方なく頷いた。

「数日前のことだが、竜神の平造一味が佐渡行きの途中で抜けるという話は、われらも承知しておったのだ」

「ほう。それはまたなにゆえにございますか」

「投げ文があったのじゃ」

と笹塚孫一が答え、一郎太が補足した。

「竜神の平造一味は博奕《ばくち》の常習との密告があったのは北町奉行所です。そこで北町が動いて平造らを捕縛し、これ幸いと、佐渡行きの人数に組み入れた経緯《いきさつ》がございます。笹塚様が申された投げ文は別のもので、一昨日、南町に放り込まれたものです。その文によれば、平造らはいったん佐渡行きの水替え人足の一行に入り、数日内に一行を抜け出て江戸は本所に舞い戻り、その後、永の草鞋《わらじ》を履く考えだと警告してきたのです」

「なぜ、一旦本所に戻らねばならないのです」

「竜神の平造一味が北町に捕まったとき、奴らの所持金はせいぜい数両だったようです。だが、平造はこれまで悪事で大金を本所界隈に溜め込んでいるとか、その金子を持って永の草鞋を履く所存と投げ文は書いてきたのです」

「そんな裏があったのでございますか、木下の旦那」

と竹蔵が言いながら笹塚を見たが、笹塚は素知らぬ顔だ。

「その投げ文に差し出し人の名はありますまいな」

「ございません」

と一郎太が言った。

「本日、笹塚様のお供で、われらいくつか大名家の下屋敷や抱え屋敷など、竜神の平造ら一味が出入りしていたところを見廻りました。その中でも平造が一番繁《しげ》く出入りしていたのが、南割下水の越後《えちご》黒川《くろかわ》藩一万石柳沢様の下屋敷でして、平造が稼ぎ溜めた金子を預けるか隠すかする屋敷があるとすれば、柳沢家が一番怪しいと睨んでいるのです。ここでは平造の盟友というべき米三《よねぞう》が中間頭をしており、賭場を束ねています」

一木下の旦那、なぜそこまで分かっていて、柳沢家下屋敷に見張りを置いて手配りなさらないので」

「竹蔵、柳沢家ではただ今伊勢守《いせのかみ》様と奥方が静養に来ておられる。普段おられぬ家来衆も大勢宿泊なさっておられる。ゆえに賭場も開かれてはおらぬ。いくら竜神の平造一味でも、藩主ご夫妻が滞在しておられる下屋敷には入り込めまい」

「殿様と奥方様はいつ上屋敷にお戻りなんでございますか」

「明後日だ」

「本日、笹塚様方はこの竹蔵に声もかけず、微行で見廻りに参られたのですね。どうりでのんびりとしておられるはずだ」

と竹蔵が得心したような、していないような顔をした。

「笹塚様、木下どの、もし米三が投げ文の主として、なにゆえ盟友の平造を裏切るような真似をしたのでございましょうな」

「平造の溜め込んだ金子を横取りしようと考えたか。米三に確かめたわけではないゆえ、その辺のところは不分明じゃ」

「竹蔵、柳沢下屋敷の見張りは、殿様方一行が上屋敷に戻られる数刻前から始めようと思う」

「ならばうちもその心積もりでおります」

と竹蔵親分が即座に旦那の木下一郎太の言葉に応じた。

「佐々木どの」

と笹塚孫一が猫撫《ねこな》で声で磐音に呼びかけた。

「われら、柳沢屋敷ばかりを狙《ねろ》うておるわけではない。だが、明日明後日の二日、竜神の平造一味が本所に姿を見せぬときは、柳沢屋敷に勢力を集中しようと思う。その折り、いつものように助勢してもらえると、われらどれほど心強いことか」

と笹塚が言ったとき、

「いつものように助勢とは、どのようなことにございますか」

というおこんの声が地蔵蕎麦の土間に響いた。

いつの間にか陽が傾こうとしていた。横川の河岸道《かしみち》に長く伸びた影で分かった。

「おこんさん、早戻って参られたか」

おこんが御用船で父親の金兵衛を伴い、地蔵蕎麦に戻ってきたのは、七つ（午後四時）過ぎの刻限だ。

「若先生、永の道中お疲れさまにございましたな」

とどてらの金兵衛が挨拶した。

「舅どの、息災でなによりです」

「旅の話はおこんから聞きましたよ。奈緒様の嫁ぎ先は若先生方の助勢でなんとか立ち直りそうだとか、ようございましたな。それもこれも、うちの婿《むこ》どのが出馬あればこそだ。どこぞのお役人のように他力本願じゃあ、物事の解決はつきませんよ」

と金兵衛が南町奉行所の知恵者与力を見た。

「これはこれは舅どの、そなたも堅固のようでなによりじゃな」

「へい、笹塚様、お蔭さまで元気にしておりますよ。気がかりの種はたった一つだ」

「ほう。して、気がかりとはなにかな」

「南町がうちの婿どのにあれこれ頼みごとをなさるので、おこんに子が生まれる暇もありませんや」

「お父っつぁんたら」

とおこんが赤い顔で金兵衛を窘《たしな》めた。

「おこん、これくらい釘を刺しとかねえと、この御仁の頼みごとは跡を絶たねえぞ」

と金兵衛が言い切り、

「それほど頻繁に佐々木どのに願いごとをいたしたかのう、一郎太」

ととぼけた顔で笹塚孫一が嘯《うそぶ》いたものだ。


その日、磐音ら三人は、法恩寺橋際から南町奉行所の御用船に同乗して、横川、竪《たて》川へと向かい、まず金兵衛が竪川と六間堀との合流部で下りた。

「舅どの、神保小路に遊びに来てくださらぬか」

「有難いが、二本差しの出入りするとこは堅苦しくていけねえや」

と金兵衛は手を振って断ると、六間堀を南に姿を消した。さらに御用船は、大川に出ると下流に向かって流れを突っ切り、日本橋川に入った。その一石橋で磐音とおこんは下りることになった。

「佐々木どの、万が一の場合は遣いを立てるでな」

笹塚が声をかけて御用船は船着場を離れた。

一石橋の上から、御堀を南町奉行所のある数寄屋橋《すきやばし》へと向かう御用船を見送っていると、笹塚孫一が視線を感じたか振り向いて大きく手を振った。

「またぞろ御用を頼まれたようですね」

「まあそのようなところか」

「南町とのお付き合いも、今に始まったことではございませんものね」

「相身互いが世の倣《なら》いであろう」

「ふうっ」

と息を吐いたおこんが、

「そこが磐音様の磐音様らしいところですものね。そんな磐音様に惚れたこんが、辛抱するしかないかな」

町娘に戻ったように、おこんは言葉の最後を独り言のように呟くと、

「養父上養母上がお待ちです。さあ、帰りましょう」

と磐音の手を引いて、御堀端を竜閑橋へ向かって歩き出した。

第三章　霧子の親切

一

いつものように磐音はだれよりも早く朝稽古《あさげいこ》のために尚武館道場に出た。するとすでに重富利次郎が磐音を待ち受けていた。

「若先生、ご一緒に稽古をお願いいたします」

利次郎の声には悩みを振り切った明快さと張りがあった。

「利次郎どの、願おうか」

磐音と利次郎は神棚に向かうといつものように拝礼し、木刀の素振りを始めた。

磐音は直心影流の基本の型稽古を丹念になぞりながら、利次郎の発する、

「音ー

を聞いていた。どこにも力みがなく、無心に響いていた。

（霧子との稽古でなにかきっかけを摑んだようだ）

と感じた磬音は自らの稽古に没入していった。

その朝を皮切りに利次郎は心技体の調和が取れた動きを取り戻すことになる。

いや、取り戻したのではない、新たな境地に達したのだ。

その朝も利次郎は、人間本然の情動に心身を素直に委《ゆだ》ね、仮想の相手との間合いを計り、打ち込み、弾き返す動作を繰り返していたが、動きに緩急と律動が見られた。なにより挙動がゆったりとして間があった。

二人稽古が終わったとき、磬音が利次郎に言った。

「利次郎どの、ようも辛抱なされたな」

「はっ」

「今のままに精進なされよ」

「それでよいので」

「よい」

嬉しそうに破顔した利次郎が、

「若先生、有難うございました」

「その言葉、霧子をはじめ、仲間に申されよ」

利次郎の顔が歪み、瞼が潤んだが、涙を必死に堪《こら》え、

「掃除を始めます」

と大声で叫ぶと磬音の前から走り去った。

「どうやら、壁を一つ乗り越えたようですな」

と元師範の依田鐘四郎が磬音に話しかけたのは、初心組の指導を二人がしていたときのことだ。

「霧子に感謝せねばなりますまい。女は常に偉大です」

鐘四郎が安堵したように笑った。

「われらが迷いながら歩いてきた道を、利次郎どのも辿っておられる。壁を一つ乗り越えたと思うと、さらに巨岩が行く手に立ち塞《ふさ》がる」

「若い折りはついつい力に頼り、己を見失いますでな」

と二人は言い合った。

朝稽古の終わりに慣例となった若手門弟の総当たり戦で、久しぶりに利次郎が勝ちを得た。

相手は利次郎と同年齢だが、播磨姫路《はりまひめじ》藩酒井家の家臣で、藩主雅楽頭《うたのかみ》の近習《きんじゅ》を

務める桔梗善之助だ。桔梗は若手二十六人衆の中位の成績を保っていたが、このところめきめきと力を付けてきて、勝率八割に近い好成績を残すようになっていた。それだけに体が切れ、竹刀の動きに伸びやかな勢いがあった。

これに対して利次郎はゆったりとした正眼の構えで対峙すると、桔梗に先をとらせ、それを弾き返すと流れるような反撃の、

「面打ち」

で鮮やかな一本を得た。

その瞬間、

「わあっ！」

と総当たり戦に出場していた全員が歓声を上げ、

「利次郎復活」

を喜んだ。

「重富さん、それがし、実に損な役割を引き受けさせられましたぞ」

と普段はすぐに屋敷へ戻る桔梗善之助が、井戸端に集う仲間たちのところにやってきて言葉をかけた。

「桔梗さん、お相手感謝いたす」

「なんだか悪者にでもなった気分です」

と言う桔梗の表情も、利次郎が迷いから抜け出たことを喜んでいた。

「それにしても私には分かりませぬ」

と言い出したのは一番若い神原辰之助だ。

「なんだ、辰之助」

と田丸輝信が問い返した。

「人間とは脆《もろ》いものですね。あれほど自信満々に勝ちを続けていた利次郎さんが突如崩れ、泥沼に嵌《はま》り込んだ」

辰之助の正直な疑問に、

「ふうっ」

と利次郎が息を吐き、

「辰之助の言うとおりだが、おれの以前の勝ちは虚動、偶然にもたらされたものだったんだ。それを若先生に指摘されて一挙に瓦解《がかい》した。心が乱れると技も齟齬《そご》を来し、ついには体もおかしくなった。焦れば焦るほど気持ちに体がついていかぬ。ついには辰之助に後れを取る始末。おれはあのときほど剣術をやめとうなったことはない」

「私に負けたことがそれほど応えましたか」

「以前のおれなら、辰之助など片手一本で勝ちを得てみせるという驕《おご》りがあった。それがなんなく辰之助に打ち負かされるのだ。若先生の一喝を喰らって、眠れる巨象が眼を覚ました。辰之助、剣術は奥が深く、かぎりないぞ」

「なんだか、そう悟られると、面白くありませんね」

と辰之助が苦笑いした。

「辰之助、でぶ軍鶏は未だ悟りの境地とはほど遠いわ。己のことを眠れる巨象などと自惚《うぬぼ》れておるからな」

と田丸輝信が言い、

「そんなことより利次郎、もう一人の恩人には礼を言うたのか」

と尋ねた。

「霧子か。このところ稽古を休んでおるでな。湯島天神下の甘味屋に招き、礼を言おうかと考えておるところだ」

「おや、霧子だけを呼ぶつもりか」

「田丸、いかぬか。おれの眼を覚ましてくれたのは霧子だからな。そなたはなにもしておらぬではないか。激励の言葉一つかけてもらった覚えもない。奢《おご》る義理もあるまい」

「こやつ、母親の代わりに霧子を甘味屋に呼び、汁粉なんぞでもてなす気だぞ」

「かようなときに甘味とは、女子供の食べ物ですよね。大人ならば池之端《いけのはた》の料理茶屋なんぞに招いてしっぽりとお酒ですよね」

「黙れ、辰之助。そなたは未だ女心の機微が分かっておらぬわ」

と利次郎が一喝したとき、

「皆様、若先生とおこん様がお呼びです」

と早苗の声が井戸端に響いた。

「この刻限にお呼びとはなんだ」

と言いながらぞろぞろと若手組が離れ屋に向かった。すると縁側には磐音と依田鐘四郎がいて、長命寺《ちょうめいじ》門前名物の桜餅《さくらもち》を商う大黒屋《だいこくや》の娘婿輝吉《てるきち》と談笑していた。

輝吉が尚武館に遊びに来るようになったのは、磐音とおこんが大黒屋を訪ねた折り、遭遇した騒ぎがきっかけだ。

輝吉は剣術見物が大好きとかで、時折り朝早くから大川を渡り、尚武館まで見物に来るようになっていた。

この朝も道場の隅から熱心に見物して、利次郎復活を目撃した一人だ。

「輝吉さんから桜餅を頂戴いたしました。稽古の後の甘味は格別ですよ」

とおこんが大皿に山盛りの桜餅を運んできた。

「おおっ」

と喜びの声を上げたのは利次郎だ。

「重富様が近頃お元気をなくしておられるとどなた様かが知らせてくださいましたので、今朝は陣中見舞いに参りました」

「どなた様とはどなたですか、輝吉さん」

「それは秘密です」

と笑った輝吉が、

「昨夜《ゆうべ》から仕込んで拵《こしら》えた桜餅です。皆さん、ご賞味ください」

と言った。

「馳走になります」

と手を伸ばそうとする辰之助に、

「待った、辰之助。そなた、甘味なんぞは女子供の食べ物とおれを蔑《さげす》んだな。そなたは池之端の料理茶屋にでも上がり、酒を飲め」

「この歳で池之端の料理茶屋なんぞに上がれるものですか。言ってみただけです。

私はこちらを頂戴します。大黒屋の桜餅は格別ですからね」

とすまして辰之助が桜餅を摘んだ。

だれもが利次郎の復活を喜んでいた。

離れ屋の縁側に集まった若者の中には、すでに奉公に出て藩主近くに仕えている者も混じっていたし、田丸輝信や今は廻国修行中の松平辰平のように直参旗本の次男三男もいた。身分や立場は違えど、剣を極めようとする情熱と志で繫がっていた。ゆえに無用な遠慮などどこにもなかった。

桜餅を夢中で頰張《ほおば》り、おこんと早苗が淹れた茶を喫して屈託がない。

「桔梗さん、そなた、譜代十五万石播磨姫路藩の御近習であったな」

「いかにもさよう」

利次郎の問いに桔梗が答えた。

「酒井雅楽頭様の御近習が、口の端に餡《あん》なんぞをつけて屋敷に戻ってもよいのか。女中衆に笑われるぞ」

えっ！

と一瞬驚いた桔梗が拳《て》で拭いかけ、

「重富さん、引っかかった」

と悪戯に気付き、

「口の端に餡がつこうが粉がつこうが、かようなときは美味しく頂戴するのが酒井家の礼儀です」

と気持ちを素早く切り替え、反論したものだ。

「ともあれ、今月の総当たり戦は途中ででぶ軍鶏が勝手に転びおったで、こたびの戦いは混戦模様と相成った。上位七、八人のうちたれが勝ちを得ても不思議ではないぞ」

と鐘四郎が話題を戻した。

「師範、それがしが二度目の勝者になります」

と宣告したのは、一回目の勝者曽我慶一郎だ。曽我も今月は総当たり戦で取りこぼしがあって二敗を喫していた。

「待て、曽我どの。そなた、それがしと未だ対戦しておらぬな」

「でぶ軍鶏とは、元気のないときに対戦したかったな」

「こらっ！」

と元師範の鐘四郎の大声が飛んだ。

「慶一郎、くたばりかけたでぶ軍鶏なんぞと対戦し、勝ちを得てどうする。慶一郎と利次郎は一度ずつ勝者になった者、堂々と対戦し、相手を打ち破れ」

「師範、分かっております。ついでぶ軍鶏の口車に乗せられただけです」

と恨《うら》めしそうに曽我慶一郎が言い、

「かようなときは思わぬ伏兵が現れるものだ。気を抜かず頑張れ」

と鐘四郎に叱咤《しった》された若武者たちが、

「畏まりました」

と声を和した。

朝昼を兼ねた食事を終えたとき、霧子が姿を見せたことをおこんが知らせてきた。

「こちらに通してくれぬか」

磐音は、千住掃部宿の騒ぎを内偵する霧子を離れ屋に呼ぶようおこんに命じた。

すると霧子は弥助《やすけ》を伴い、磐音の前に姿を見せた。

「弥助どのも動いておられたか」

「ちょうど手持ち無沙汰の折りでございまして、霧子から佐々木様が遭遇された騒ぎを聞き、こちらから首を突っ込んだのでございますよ」

磐音と弥助は九州遠賀川の渡し場で出会って以来の縁で、先の日光社参に磐音が家基の影警護を願い、お互いの立場を理解し合っていた。

「やはり常陸麻生藩新庄家に内紛が生じておったか」

「どうやらそのようでございます」

と弥助が応じて、

「佐々木様は麻生藩のことを承知にございますか」

「『武鑑』に記載されている程度の知識ならば」

新庄家は常陸行方郡《なめかたごおり》麻生周辺を領有した外様《とざま》小藩だ。関ヶ原の役に西軍に与《くみ》したため、領地を没収された上に会津《あいづ》に流されたが、後に許されて生き残り、徳川幕府で外様小名ながら関東領内に一家を確立した珍しい一族であった。

藩の創立は慶長《けいちょう》九年（一六〇四）、摂津高槻《たかつき》城主新庄直頼《なおより》が家康と臣下の誓いを立て、常陸、下野《しもつけ》両国内に表石三万三百十七石を与えられ、麻生を居地にしたことに始まった。

慶長十八年（一六一三）、二代目直定《なおさだ》が遺領を継承したとき、弟の直房《なおふさ》に三千石を分与して二万七千三百十七石に、さらに、延宝《えんぽう》二年（一六七四）、直矩《なおのり》が家督を継いだとき、義兄直時《なおとき》に七千石を分け与えたので二万三百十七石に減じ、この直時が六代藩主を継ぐ事情が生じたとき、一万石に定まっていた。
磐音が承知していたのはそんなところだ。

「ならば話が早うございます。当代の直規様と別家の直照《なおてる》様が、後継を巡って家中を二分する騒ぎが出来《しゅったい》しているようなので。佐々木様がお助けになった使者の大村源四郎と申す者は、当代直規様の御近習にて忠臣の由にございます。用心棒侍を従えた用人どのは別家に通じる者にて、垣田《かきた》丁五郎《ちょうごろう》と申す者にございますそうな」

「内紛を生じさせた理由はなんでござろうか」

「当代の直規様は安永《あんえい》元年（一七七二）より藩主の地位にあり、ただ今二十八歳におなりになります。正室は足守《あしもり》藩木下利忠《きのしたとしただ》様の娘にございます。また継室は牛《うし》久《く》藩の山口弘長《やまぐちひろなが》様の娘とか。直規様が蒲柳《ほりゅう》の質ということもございまして、未だどちらにも子がなく、別家の直照様が、早々にも継嗣を決めておかねば幕府に目を付けられかねないと策動を始められ、わが子直光様を十二代に決めるよう密かに直規様に迫っておられるとか。それに対して直規様忠臣らは、直規様は未だお若く継嗣がこれから誕生することもあると主張し、家中を二分しての騒ぎが起こっているようでございます」

「たしかに直規様はまだお若い。別家どのはまたなぜこの時期に、そのような家中を二分する騒ぎを生じさせたのであろうな」

江戸近くに居地を持つ外様小名が騒ぎを起こせば、幕府の神経を逆撫《さかな》でするとは目に見えていた。当然、藩断絶の憂き目を見ることすら考えられた。

「新庄家は一度無嗣《むし》除封《じょほう》という沙汰があって断絶したことがございます。別家の直照様はそのことを引き合いに出して家中に注意を喚起しておられるので、家臣もつい耳を傾けるということになるようです」

「無嗣除封の過去があるとは、それはまたいつのことかな」

「新庄家は麻生に創立したときは三万三百十七石にございました。それが一万石に減じられたのには理由《わけ》がございます」

磐音も『武鑑』でそのことを読んでいたが、減封の理由までは記載されていなかった。

「三代目の新庄直好《なおよし》様は五十を超えられても、正室佐久間安政《さくまやすまさ》様の娘との間にも側室との間にも子がなく、家来の勧めで従弟《いとこ》の直時様を世嗣となさいました。ところが、なんと直好様六十二歳の折りに実子直矩様がお生まれになったのです。

そこで家中では直時様がいったん四代藩主に就き、直矩様の成長を待って家督を譲ることになりました。十五歳で五代目藩主になった直矩様が二年後に夭折《ようせつ》する不運もございまして、新庄家は無嗣除封の憂き目に直面なさいます。そこで新庄家では幕府への必死の働きかけをし、その結果、藩主から旗本として別家していた直時様に旗本領三千石を七千石分に足して新庄家の再興継続がなんとか認められました。ただ今の本家別家の後継争いのタネは、すべてこの時代と重ね合わせられてのことなのです」

「複雑じゃな」

「いかにも複雑怪奇です」

と答えた弥助に、

「それがしが助勢した大村源四郎どのは、藩主直規様の忠臣と申されたな」

「いかにもそのようで」

磐音は、落馬した後、必死の形相で這い起きた大村源四郎を思い出していた。

「大村源四郎どのは無事使いのお役を果たされたのであろうか」

「藩主直規様は、ただ今麻生の居館に滞在中とか。大村様らは江戸で別家直照様が実権を握りつつあることを憂えて、使いに立たれたようにございます。それを別家沂の用人垣田丁五郎らに嗅きつけられて千住掃部宿の騒ぎとなったかと思えます」

さすがは幕府密偵の弥助だ。霧子を手伝い、およその事情を調べ上げていた。

「はて、どうしたものか」

と磐音は思案した。

千住掃部宿で磐音が仲裁に入ったのは咄嗟のことだ。だが、新庄家の家督争いに一介の剣術家が深く関わるなど、越権行為も甚だしい。

磐音の悩みを察したように弥助が、

「この一件、僭越《せんえつ》ながらわっしの方から速水様のお耳に入れておきましょうか」

と言い出した。

幕府にとって大名家の御家騒動は決して歓迎すべきものではない。家治近習の速水左近らにとって、騒動が公然とならぬうちに内々に取り静めるのも役目の一つといえた。

「弥助どの、そう願おうか」

磐音はそう答えると、この一件を忘れることにした。

昼下がり、磐音は離れ屋で愛刀包平《かねひら》の手入れをしながら、そろそろ研ぎに出す時期だと考えていた。

その想念に、田沼意次一派に抗して西の丸家基様を守り抜く戦いがあったからだ。

久しぶりに名人研ぎ師、天神鬚《てんじんひげ》の百助《ももすけ》こと鵜飼《うかい》百助を本所吉岡町に訪ねようと心に決めた。

そのとき、おこんが姿を見せて、桂川国瑞《かつらがわくにあきら》が桜子《さくらこ》を伴い、尚武館を訪れたと知らせてきた。

「桂川さんご夫妻がな。おこん、どちらにおられるな」

「お二人で道場の稽古を見物しておられます」

昼の刻限からは住み込み門弟や、数は少ないが通いの門弟衆が姿を見せて稽古をしていた。

「桜子様は稽古に参られたのであろうか」

と応じながら磐音は、刀の手入れの道具を手早く片付けると道場に向かった。

二

利次郎ら二十数人の門弟が稽古をしている光景を、桂川国瑞と桜子夫婦が見所《けんぞ》のかたわらから見守っていた。国瑞は風呂敷《ふろしき》包みを下げていた。

「桂川さん、桜子様、よういらっしゃいました」

磐音はこう呼びかけながら、夫婦で尚武館を訪ねるのは初めてだなと考えていた。

「国瑞様が珍しくお暇の様子なので、お誘いいたしました」

と桜子が磐音に笑いかけると、『解体新書《ターヘル・アナトミア》』の翻訳に携わった西洋医学の第一人者がにこにこと頷いた。

桂川家は将軍家の御典医でもある家系で、公方《くぼう》様のお脈を代々診《み》てきた医家でもあった。

「桜子様の稽古着を、桂川さんが持参されておられる様子ですね」

「尚武館に通いたくてうずうずしておりましたが、若先生が旅に出られているとお聞きし、お戻りになるのを待っておりました」

「そのような遠慮は無用です」

と応じた磐音は、

「おこん、桜子様が着替えをなさる、離れに案内《あない》してくれ」

と言った。すると桜子が国瑞から包みを受け取り、

「おこん様もいかがです、ご一緒に稽古をいたしませぬか」

とおこんを誘った。

「桜子様、私は端唄の手習いでもう必死でございまして、とても剣術までは手が回りません」

「あら、端唄の稽古を始められたのですか」

「いささか仔細がございまして」

と女二人はあれこれと話しながら道場から離れ屋に向かった。

磐音は霧子が独り稽古をしているのを見て、

「霧子、桜子様のお相手をしてくれぬか」

と頼んだ。すると霧子が、

「私がですか」

という表情を見せたが、すぐに、

「畏まりました」

　と承知した。

「桂川さん、なんぞ話があるのでは。桜子様の稽古に託《かこつ》けて尚武館に来られた様子にございますな」

「西の丸様からの言伝《ことづて》にございます」

　磐音は国瑞を見所に誘った。

「こちらは玲圓先生をはじめ、剣術界の長老がお座りになる席ですね。医師の私が座ってよいものかな」

　と遠慮しながら見所に上がり、悠然と座した。

　将軍家や西の丸様方の診察をなしてきただけに、国瑞は臆《おく》するところがなく、堂々とした立ち振る舞いだった。

　磐音が国瑞を見所に誘ったのは、そこが無人だったからである。それに稽古をする門弟は呼ばれぬかぎり見所に近付くことがなく、だれにも話を聞かれる心配がなかったからだ。

「悪《あ》しき話ですか」

「このところ田沼様ご一派は気持ちが悪いほど静かで、鳴りを潜めておられます。

というより、西の丸様のご機嫌を伺う様子がしばしば見られるそうな」

と国瑞が苦笑いした。

田沼派の動静は山形行きの間、磐音が常に気にかけていたことだった。

「ご機嫌を伺うとは、どういうことにございますか」

「田沼意次様のお使いが西の丸に参られ、諸国の名産などを届けられるそうな。一見、田沼様は家基様が十一代様に就かれるのをお認めになったとも思える態度にて、西の丸老中様方には、ほっと安堵なされるお方もおられます」

田沼意次が、

「英邁《えいまい》にして聡明」

な家基が将軍位に就くことを警戒しているのは周知の事実だった。

幕府内で家治の信任が厚いことをよいことに、絶大な実権を振るう田沼意次にとって、家基の十一代就任は自らの失脚を意味するものだった。

疲弊した幕府財政立て直しを家治から託された老中田沼意次は、利潤を優先して追求する、

「重商主義経済」

をその改革の根本に置いた。商人らは田沼老中に取り入るために賂《まいない》を贈り、田

沼もまた
「商人は賂を使うても利を得るくらいがちょうどよし」

と賂政治を黙認した。それを見習ったのは大名諸家、直参旗本衆で、猟官《りょうかん》のために田沼屋敷に賂を持参する光景が毎日展開されていた。

若い家基は田沼意次の賂政治を、

「悪政の主因」

として嫌悪していた。

田沼意次、意知《おきとも》父子にとって、家治亡き後、家基が将軍位に就くことは即失脚を意味した。それだけに、これまでも手を替え品を替え、家基を密かに暗殺しようという企てが繰り返されてきた。

それを悉く阻止してきたのが家基派の速水左近ら近習衆と、幕外にあって佐々木玲圓、磐音父子であり、桂川国瑞ら一部の御典医だ。

「なんぞまた新しきことを画策しておられますな」

「私もそう考えております」

西の丸近くには尚武館の元師範依田鐘四郎が仕え、日夜の警戒に怠りなかった。

「なにか兆候があればすぐにもお知らせいたします」

と答えた国瑞が、

「このような最中、ちと厄介な話にございます」

「家基様は宮戸川でのお食事を願われましたか」

頷いた国瑞が、

「いつぞやツュンベリー先生を、密やかに大川の船遊びに連れ出されましたな。家基様はたれにお聞きになったか、そのことを承知でございましてな。甫周《ほしゅう》、阿蘭陀《オランダ》医師が船遊びに興じたのであれば、予ができぬということもあるまい。その折り、江戸を忍びにて散策したいと佐々木磐音に伝えよ、と私に迫られました」

「ふうっ」

と磐音は小さな息を吐いた。

阿蘭陀商館付き医師であるスウェーデン人植物学者のツュンベリーが、阿蘭陀商館長《カピタン》一行に従い、江戸参府をなしたのは、安永五年（一七七六）三月、二年前のことだ。

「西の丸から本丸に移られた後は、そのようなこともできますまいな。日光社参に微行した折り、民草の暮らしを垣間見られた家基様が城の外に憧憬《しょうけい》を抱かれるのは無理からぬことにございます」

と磐音は若い家基の気持ちに理解を持った。

「恐縮至極ながら、家治様の御世がいつ終わっても不思議ではございません」

と御典医の国瑞が言った。

「桂川さん、外にお連れするとしたら今しかございませんか」

「私はそう思います」

と国瑞が答えたとき、稽古着に着替えた桜子が戻ってきた。

「桜子様、霧子をお相手に命じてございます。存分に汗をおかきくだされ」

と見所下に桜子と霧子を呼び、改めて引き合わせた。

「お願い申します」

と桜子が霧子に願い、霧子もいつもとは違う緊張の面持ちで、

「こちらこそお手柔らかにお願い申します」

と頭を下げた。

霧子は桜子が小太刀《こだち》を使うことを承知で、定寸より短い竹刀を二本用意して、

「桜子様、お好きなほうをお選びください」

と差し出した。

「桜子様、霧子は尚武館の若手連中に伍《ご》して互角以上の力の持ち主です。存分に稽古をなされよ」

「はい」

と見所の磐音に畏まった桜子が、

「霧子さん、宜しくご指導ください」

と霧子にも頭を下げて下位の者の礼をとった。

霧子が尚武館正面に向かって右に位置し、打太刀《うちだち》の位置を占め、桜子が仕太刀《しだち》の左に身を置いた。

霧子にとり、磐音の知り合いにして御典医桂川家の嫁との稽古は、実に厄介なものだった。

霧子は一度、磐音が桜子の相手をするところを見ていた。確かに武家の女にしてはなかなかの小太刀の遣い手とは見たが、

「所詮《しょせん》お屋敷者のお遊び」

としか見ていなかった。

霧子は桜子と対面して竹刀を構え合ったとき、

「おや、これは一

と思った

磐音にあっけなく床に這わされていた桜子の顔付きも構えもなかなか堂に入り、びしりと決まっていたからだ。

（屋敷で稽古を積んだようだ）

と感じた霧子は、手加減せねばなるまいと思っていた気持ちを捨てた。

桜子は因幡鳥取《いなばとっとり》城下の園部権兵衛《そのべごんべえ》道場で因州《いんしゅう》小太刀一流を学んでいた。だが、藩騒動に絡み、江戸屋敷に密書を届ける使命を託され、男装して江戸に出てきて以来、小太刀の稽古から遠ざかっていた。また、医家の桂川家の嫁に入ったこともあり、もう二度と剣術の稽古をなすこともあるまいと思ってきた。

鬱々《うつうつ》とした桜子の気持ちを推測した磐音が、尚武館に伴った桜子に稽古を付け、汗を流す喜びを改めて知らしめたのは山形行きの前のことだ。

磐音から手厳しくも温かい指導を受けた桜子は、国瑞に許しを得て、桂川家の庭で小太刀の独り稽古を積んできていた。

霧子が正眼にとっていた竹刀を、

すいっ

と引いた。すると桜子がその動きに付け入るように踏み込んできた。

竹刀と竹刀が絡んで小気味よい音が響き渡った。

「桜子様は、だいぶ稽古を積まれましたね」

と磐音が国瑞に言った。

「佐々木さんに床を嘗《な》めさせられたのが桜子の胸に火をつけたようで、庭先で独り熱心に稽古を積んでいるようです」

「足腰がしっかりとしてこられましたな」

磐音が答えたとき、何合か打ち合っていた竹刀の一本が変転すると、
びしり
と桜子の胴を抜いていた。

霧子が踏み込んでの胴抜きだ。

「うっ」

と声を洩らしかけた桜子がすぐに体勢を取り直した。

「時に尚武館に参られ、稽古を積まれると、試合勘を取り戻されましょう。打ち込み稽古からだいぶ遠ざかっておられるゆえ、竹刀の使い方が未だ戻っておられぬ」

と磐音が国瑞に言うと、

嫡女とのかそう強くなっては、いよいよ頭が上がらなくなります」

と国瑞が冗談とも本音ともつかぬ感想を洩らした。

「最前の話ですが、一番の難関は城中から抜け出ることでしょうね」

「それは考えてあります」

「ほう、手早うございますね」

「いえ、一度私どもは試みましたよ」

「家基様を薬箱持ちに変装させ、城中から抜け出るお考えですか」

国瑞と磐音は西の丸に宮戸川の鰻《うなぎ》を持ち込むために、磐音が薬箱持ちとして西の丸に潜入し、家基と対面した経緯《いきさつ》があった。

「佐々木さんが入り込めたのであれば、西の丸様に薬箱持ちに変装していただき、城の外に出すのもできないことではありますまい」

「本来の薬箱持ちは西の丸に残されるのですね」

「御近習衆の手助けで、半日ほど西の丸に留《とど》まるだけです」

「家基様のご帰城は、抜け出たときとは反対の行動ですか」

「西の丸から夕刻、わが屋敷に家基様ご不快の使いが参る手筈《てはず》としておきます。急ぎ私と薬箱持ちの家基様が西の丸に伺うというのではいかがです」

「桂川さん、考えられましたね」

　磐音の言葉に国瑞が満足げな笑みで頷いた。

「となると、城外に出た町屋で船を用意しておく要がございますな。これはツュンベリー一行の折りと同じく川清に願いましょう。それと、宮戸川との打ち合わせもいる。こちらはそれがしが手配します」

　と答えた磐音は、

「桂川さん、いつ実行いたしますか」

　と訊いた。

「私が次に西の丸にご診察に上がるのは、三日後です。その日に家基様と打ち合わせをし、日にちを決めて参りたいと存じます。佐々木さんのほうは、仕度にどれほど時を要しますか」

「事は慎重に運ばねばなりますまい。十日ほど余裕がいただけましょうか」

　当然、家基密行は限られた人物だけで行わなければならなかった。だが一方で、速水左近をはじめ、限られた幕閣の人間には承知しておいてもらわねばできない相談でもあった。

「家基様は明日にもと逸《はや》っておられますが、事は慎重の上にも慎重を期さねばなりますまい。諸々考えますと、十日から半月は仕度にかかるとみたほうがよいでしょうね」

二人は頷き合った。

「桂川さん、なににも増して大事なことがございます」

「この一件、田沼様一派には絶対に悟られてはなりません」

「いかにもさようです」

と返事する国瑞の顔に険しい緊張があった。

霧子に稽古を付けられた桜子は髪を乱し、玉の汗を流して稽古を終えた。その紅潮した顔には、さんざん竹刀で打たれたにも拘《かかわ》らず満足の笑みがあった。

霧子と桜子が見所下に控えた。

「どうでしたか、久しぶりの打ち込み稽古は」

「心は逸れど体は動きませぬ。桜子の五体を覆った錆《さび》は、なかなか取れそうにございません」

「屋敷での独り稽古を積まれたゆえ、霧子相手にあれだけ打ち合えたのです。初日としてはまあまあでしょうか」

と感想を述べた磐音は、

「霧子、お相手してどうであったな。忌憚《きたん》なく申せ」

「正直、お姫様のお遊びと思うておりましたが、桜子様の小太刀は本物にございます。数か月尚武館にお通いになれば、身のこなしも竹刀捌きも格段に変わりましょう」

頷いた磐音が、

「尚武館の門は夜明け前から日没まで開いております。いつ何時でも稽古においでください」

と改めて桜子に勧めた。


桂川国瑞と桜子が尚武館を去った後、磐音は母屋に向かい、玲圓と対した。むろん桂川国瑞からもたらされた話を伝えて考えを聞くためだ。

「いよいよその時が参ったか」

と玲圓が呟いた。

「折りにふれ速水様から家基様のご意向を伺うておったゆえ、実行の時は近いと思うていた。それは覚悟の前だが、なんとしても江戸見物をご無事に終えて西の丸にお戻りいただかねばならぬ。またこのこと、たれにも知られてはならぬ。万が一、西の丸様の微行が発覚いたさば、関わったわれらばかりか、速水様をはじめ西の丸老中何人もが腹を掻《か》っ切ることになる」

「はい」

玲圓、磐音父子には、家基が征夷大将軍の地位に就く前に少しでも市井の暮らしを知ってもらいたいという強い願いがあった。それは日光社参に微行した家基に随行した磐音らが等しく考えるところだった。

幕府開闢から百七十年余、組織は硬直し、幕府中枢も平時に甘んじてなにもせぬ政治家ばかりになっていた。

幕府を再生させるために徳川一族から、

「中興の祖」

というべき人物が出現することをだれもが待ち望んでいた。それが若き家基に託されていたのだ。

「それがし、本所吉岡町に参り、鵜飼百助どのに刀の研ぎを頼んで参ろうかと存じます。養父上《ちちうえ》には研ぎに出す差料《さしりよう》はございませぬか」

「包平を出すか」

と答えた玲圓が隣室に行き、刀簞笥《かたなだんす》を開ける気配があって、二振りの刀を手に戻ってきた。

「考えてみれば刀を研ぎに出したのはいつであったか。久しぶりに手入れをいたしてもらおうか」

と備前一文字派助真《びぜんいちもんじすけざね》と研ぎ料を磐音に預けた。

「お預かりいたします」

「もう一振りじゃが、包平を研ぎに出すならば、これを差さぬか。そなたは、今津屋から頂戴した備前長船長義《おさふねながよし》を所有しておったが、確かあれは刃渡り二尺七寸(八十二センチ)に近かろう」

「二尺六寸七分にございます」

頷いた玲圓が、

「爺様《じい》が手に入れた肥前《ひぜん》国住近江大掾藤原忠広《おうみだいじようふじわらただひろ》じゃ。長らく箪笥の中に眠っておったゆえ、時に世間の風に当らせるのも刀のためであろう」

と玲圓が差し出した。

「それがしに使えと仰いますか」

「包平は刃渡り二尺七寸、長船もそれに近い。この忠広、刃長二尺四寸八分、反《そ》りが六分じゃ。見てみよ」

磐音は西海道肥前の刀鍛冶が鍛えた刀を恭しく預かると錨を庭へと向け、静かに刃を抜いた。

光の中に地鉄《じがねこ》小杢目《もくめ》が美しく浮かび、肥前国の刀鍛冶特有の錵足《にえあし》が入った湾《のた》れ刃《ば》がなんとも見事な一刀であった。

「佐々木家の先祖がお遣いの忠広、それがしの腰にはいささか勿体のうございます」

「剣は使う人ありて生きるものよ。包平や長船より二寸ほど短いが、慣れてみよ」

「はっ、お借りいたします」

と磐音は養父の気持ちを受け取った。

三

磐音は霧子を伴い、両国橋を渡った。霧子を同道したのはおこんの助言があってのことだ。

「磐音様、鵜飼百助様の研ぎ場をお訪ねになるのなら、霧子さんを伴われませんか」

「霧子をな」

「二振りの刀を持参なさるのでございましょう」

「とは申せ、それがしが下げて参ればよきこと」

「いえ、磐音様はもはや浪々の士ではございません。尚武館の後継にございます」

「体面があると申すか」

「いえ、なにが身に降りかかるか分からぬご時世にございます。また本日は霧子さんが桜子様のお相手を務められました」

「褒美《ほうび》と申すか」

「霧子さんは普段からお独りで行動なさることが多うございます。江戸の町を歩かれるのも後学のためです。磐音様、時に尚武館の外に伴ってお上げくださいませ」

霧子は尚武館の暮らしに慣れたが、稽古も独りで行うことが多く、道場の外で付き合うのは、今や師と仰ぐ密偵弥助くらいのものだ。そのことをおこんが気にしたのだ。

「天神髷の百助様の帰りには、宮戸川に立ち寄られますね」

おこんは、磐音が桂川国瑞となにを話したかまで察していた。

「いかにも鉄五郎《てつごろう》親方と会うことになる」

「霧子さんに宮戸川を見せてやってください」

「相分かった。霧子に供をせよと言うてくれ」

磐音の言葉におこんが嬉しそうに頷いたものだ。

その霧子は総髪にして頭の後ろで束ね、淡い紅色の紐で縛った髪型に、おこんが用意した白紬の小袖《こそで》に袴《はかま》を着け、どこかお屋敷の若侍と見まごう姿だ。その上、端から見れば匂《にお》い立つような若さと野性味を帯びて整った顔がきりりとして、

「娘剣士」

を感じさせた。

霧子は二振りの剣を布に包んで両腕に抱えていた。

燕《つばめ》が大川の流れすれすれを飛翔して、初秋の光を受けていた。もうそろそろ南に帰る季節がやってくる。

橋を往来する大勢の人々を霧子は避《よ》けて、縫《ぬ》うように歩いていく。それは道場の稽古で敏捷《びんしょう》に動く挙動とは異なり、どことなくぎこちなかった。

「霧子、人込みは苦手か」

「野育ち山育ちゆえ雑踏は慣れません」

「この両国橋の西詰から東詰にかけての界隈は、江戸でも一番繁華な人の往来が多いところゆえ、それがしも江戸勤番になって初めて両国橋を渡ったときは足が竦んだ」

「若先生もそのようなことがございましたか」

「なにしろ豊後関前城下で一日に会う人の数の何倍もの人間を、一瞬にして視界に収めるのだ。頭がくらくらしたわ」

「今の私がそうです」

と霧子が笑った。

「それがな、禄《ろく》を離れ、職を求めて江戸に逃れて参り、縁あって深川六間堀に住まうようになり、毎日この橋を渡るようになった。人というもの不思議なものじゃな。今ではすっかりこの景色が身に馴染んでしもうた」

磐音の正直な気持ちだ。

日々の糧を求めて仕事探しに往来した橋であり、時に命を懸けた戦いをしのけた橋でもあり、おこんと一緒に渡った橋でもあった。

今しも、味噌樽を積んだ大八車の前後に人足二人がしがみ付き、人込みの中を、

「ご免なさいよ」

と言いながら磐音らを追い越していった。

「霧子、そなたがこの橋に馴染んだとき、そなたの暮らしもまた変化していよう」

「霧子は今のままの暮らしで満足にございます」

「尚武館の暮らしで満ち足りておるか」

はい、と霧子が磐音を見て頷いた。

雑踏の中に主従二人だけの世界があった。

橋を往来する人々は、二人には無縁にも忙《せわ》しげに通り過ぎていく。

「霧子、そなたが尚武館を出て独り立ちするときが必ず参る。それまで辛抱して修行に励むがよい」

「霧子は辛抱などしておりませぬ。弥助様も常々、そなたの行く道は佐々木の若先生がつけてくださる。なにも考えることなく今を生きよと申されます」

「よき師に出会うたな」

と磐音が弥助のことを言った。

「はい」

と霧子が返答して、

「私は幸せ者です」

と言うと先に歩き出した。

前方で悲鳴が上がったのはそのときだ。

「な、なにをしやがる！」

という叫び声も続いた。橋上の人込みが前方に走り、

「どけどけどけ！」

の怒号に、今度は磐音が立つほうへと逃げてきた。

江戸っ子は火事と喧嘩《けんか》と騒ぎには目がない、逃げるも退《ひ》くも無意識の裡《うち》に行動していた。

霧子と磐音の間に人の群れが挟まり、霧子の姿は消えていた。

「なにがあったのじゃ」

と肩に道具箱を担いだ職人に磐音が訊いた。

「大八が引っくり返ってよ、侍が仁王立ちしてるのが見えただけだよ」

磐音が最前の大八車かと考えたとき、霧子の声が人波の向こうから聞こえてき

た。

「なにが起こったか存じませんが、粗相があったとしても、このような人込みにござる。お許しなされ」

「ほう、そのほうが謝ると申すか、面白い。そのほう、詫び方を承知していような」

「詫び方がございますので」

「なに、詫び方も知らんで仲裁に入ったか」

という声の後、

「犬塚《いぬづか》様、こやつ、男の形《なり》はしておりますが、女にございますぞ」

という媚《こ》びた声が続いた。

「なにっ、女剣士か」

磐音は人込みを掻き分けて両国橋の真ん中に出た。

職人が言ったとおり、大八車が横倒しになって味噌樽が転がり、そのかたわらに、人足が頭を抱えて呻《うめ》いている姿が見えた。その額から血が流れ出ている。

腰を押さえたもう一人の人足を霧子が庇《かば》うようにして、派手な羽織の武家と対峙していた。

木刀を携えた仲間を従えた武家が霧子に言った。

「そのほう、天下の往来で、直参旗本犬塚主水《もんど》に文句をつけたのだ。詫びるとはな、土下座してその額を橋板に擦《こす》り付けることよ。さあ、土下座いたせ」

なんと犬塚らは昼酒に酔っていた。

霧子が腕に抱えていた二振りの刀の包みに目を落とし、

「土下座をなせば許してくださるか」

「いかにもさよう」

と犬塚が答え、霧子が膝《ひざ》を屈しようとした、そのとき、

「霧子、無駄をいたすな。そなたが詫びて許しが得られるとも思えぬ」

と長閑《のどか》な声が両国橋に流れた。

「なにっ、そのほうは女剣士の連れか」

「いかにもその者、それがしの連れにござる」

「なにゆえ邪魔に入った」

犬塚主水が、新たな相手が出てきたとばかりに勇んで磐音の前に出てきた。

霧子が、さあっ、と犬塚の前に立ち塞がろうとした。よく見ると犬塚は手に折れ弓を持っていた。それで大八車の人足の額を叩き割ったか。

「とけ　女剣士　そなたの始末はあとじゃ」

霧子が顔を横に振り、

「若先生に手出しはならぬ」

と身を挺《てい》して守ろうとした。

「霧子、酔うておられる。そなたは人足どのを見てくれぬか」

「はい」

と返事した霧子が橋上に倒れる人足に向かおうとすると、折れ弓の先で犬塚が制した。

霧子が磐音を振り返った。

「霧子、その包み、こちらにくれぬか」

はい、と答えた霧子が嬉しそうに二振りの刀の包みを差し出した。

（よろしいので）

と霧子の目が磐音に問うて、

（そこそこにな）

と磐音が無言で答えていた。犬塚を見た霧子がにっこりと笑い、

「白昼の狼藉《ろうぜき》、感心せぬな。若先生の許しがあったで相手をいたす」

と言ったものだ。

「なに、相手をいたすだと、身の程知らずの女剣士めが！」

と犬塚が折れ弓を振り上げた。

その瞬間、霧子が俊敏にも肩を丸めて犬塚の内懐に飛び込むと、体当たりを食らわしていた。小柄な娘とはいえ、尚武館道場で数多の男の門弟衆に混じって猛稽古を積んできた霧子の体当たりだ。

折れ弓を振り上げ、腰高になっていた犬塚の体が後方に吹っ飛び、尻餅をついていた。そして、いつの間に奪い取ったか、折れ弓が霧子の手にあった。

「わあっ！」

と野次馬が歓声を上げた。

「おいっ、強いな、あの女武者」

「当たり前だ。だれだと思ってんだよ」

「おめえ、承知か」

「女武者は知らないがよ、後見は尚武館の若先生だ」

「なに、宮戸川の鰻割きから川向こうに出世なされた居眠り様か」

「おおさ、今小町のおこんさんの婿どのだ」

「そりゃ、酔っ払いの旗本が可哀想だ」

と野次馬が言い合った。

「やりおったな！」

と仲間が、持参の木刀を構えて霧子を囲んだ。

「犬塚主水様、大丈夫にございますか」

と仲間の一人が尻餅をついた犬塚に駆け寄った。

「木刀を寄越せ、叩きのめしてくれん！」

憤激に顔を赤らめた形相で立ち上がった犬塚は羽織を脱ぎ捨て、仲間の差し出す木刀と交換した。

「油断いたした、叩き殺す」

と言い訳をしながら霧子に迫ろうという犬塚に、野次馬の一人が、

「よしなよしな、相手をだれだと思ってんだ。格好ばかりの腰抜け旗本じゃ敵わないぜ」

「なにっ。相手がたれであろうと犬塚主水、決して許しはせぬ」

「ほう、ぬかしたな。女武者の後見は神保小路直心影流尚武館の若先生、佐々木磐音様だぜ。その若先生に先鋒《せんぽう》を任された女弟子だ。おまえ様方、それ以上両国

橋の上で大恥曝すこともねえと思うがねえ」

「尚武館がどれほどのものか」

騎虎《きこ》の勢いで犬塚が木刀を大上段に振りかぶると、霧子に打ちかかった。

霧子も同時に踏み込むと、犬塚の小手に、
びしり
と折れ弓を決めた。さらに相手が木刀を取り落とすところを、肩、腰、胴と切れのよい連打を振るった。

「ああっ」

と棒立ちになる犬塚を助けようと仲間たちが霧子に襲いかかったが、野次馬から、

「尚武館」

の名を聞かされた分、及び腰での攻撃だ。

雑賀衆《さいかしゆう》の女忍びとして育てられ幾多の修羅場を潜り、後に尚武館の住み込み門弟になって直心影流の猛稽古に耐えてきた霧子の敵ではなかった。

霧子がふわりふわりと飛び回り、折れ弓を振るう度に一人またひとりと、

「あ、痛たた一

「やられた」

と大仰《おおぎよう》に叫びながら橋板に転がった。

「霧子、もうよかろう」

と言った磬音は、

「たれぞ大八車を起こすのを手伝うてくれぬか」

と見物の衆に声をかけ、自らも、

「怪我を見せてみよ」

と額を割られた人足のかたわらに膝を突いた。

その間に犬塚主水らは、這《ほ》う這《ほ》うの体《てい》で両国東広小路の方角へと逃げ出していた。

「すまねえ。いきなりあの侍がよ、羽織におれの汗くさい体が触れたと因縁を付けやがって大八車を横倒しにし、おれの額を殴り付けたんだ。大方、酒代でもむしり取るつもりだったのかねえ。人足が大金を持っているわけもないや」

と言いながら額を押さえていた手を退《ど》けた。

「災難であったな」

折れ弓に殴られた、額から鬢にかけての傷は長さ三寸ほどで、深さはさほどではなかった。

「待て、血がまだ出ておるでな」

磐音は懐から手拭いを出して縦に四つ折りにし、鉢巻を巻くようにして流血を止めた。

その間に大八車が見物人の手で引き起こされた。

「どうだ、動けるか。お店《たな》まで同道いたそうか」

「横川までですよ。朋輩と行けますって」

と人足が立ち上がり、

「すまねえ、皆の衆」

と商売道具の大八車を引き起こし、車から転がり落ちた味噌樽を積み直してくれている見物の衆に頭を下げた。

辺りに味噌の香りがぷーんと漂っていた。

「樽が一つ壊れているようだな」

「若先生」

と言いながら霧子が再び刀の包みを抱えた。

「さすがは尚武館の女門弟だねえ。旗本だかなんだか知らねえが、一人であっさり、と五、六人を打ち据えたぜ」

という声が霧子の背でした。

「汗をかかせたな、参ろうか」

と磐音が霧子に優しく言いかけ、主従は橋の上に立ち上がった。するとまだ去らずにいた見物の衆が霧子に向かって喝采を送り、霧子の顔が恥ずかしげに赤らんだ。

御家人鵜飼家は、刀剣の研磨と鑑定という技を代々伝えられてきた。それも平時には珍しいほどの研ぎの冴《さ》えを伝えてきた名人上手の一人だ。

磐音は何年か前、備前包平を研ぎに出して以来、互いの立場を信頼し合ってきた仲だ。

通用口の戸は砂を入れた貧乏徳利が内側にぶら下げられ、門番の代わりをつとめていた。

石榴《ざくろ》の枝に真っ赤な花が一輪散り残り、外皮が割れて紅色を見せた実に一匹の蝿《はえ》が止まっていた。

花石榴の季節は過ぎたが、一輪だけ執念を見せ、実の紅色と競い合うように西日を受けて、地面に濃い影を落としていた。

蝿が実から実へと這い動く様子が、鵜飼家のゆったりとした時の流れを窺わせていた。

砥石《といし》の上を刃が往復する音が森閑とした御家人屋敷に響いている。

「ご免くだされ」

勝手知ったる天神鬚の百助師の作業場だ。磐音が研ぎ場の表に立ち、声をかけると、白衣の鵜飼百助が刀を研いでいるのが見えた。

「おや、珍しい人が」

と天神鬚が研ぎ場から立ち上がり外に出てきて、霧子をちらりと見た。だが、なにも言わず、磐音が立つかたわらの石榴の実に目をやった。

「石榴の実は人肉の味がするなどと賢《さか》しら顔に申す者がおるがな、ご覧なされ、実の紅色を。自然が創り出した色でな、人間には到底作り出せぬわ」

と笑いかけ、

「しばらくにござったな」

「無沙汰をしております」

「坂崎磐音から佐々木磐音に名が変わり、神保小路に引っ越されたと聞いたが」

「いかにもさようにございます。所帯も持ちました」

「今津屋のおこんさんと結ばれたそうな。尚武館佐々木玲圓どのの跡を継がれるとも聞いた」

「品川柳次郎どのから聞かれましたか」

天神鬚の百助を紹介してくれたのは品川柳次郎だった。

「柳次郎も七十俵五人扶持の跡継ぎになりおった。割下水界隈もいつしか代がわりが進んでおるようだ」

「本日は無沙汰の挨拶ついでに、養父とそれがしの刀の手入れを願いたく参上いたしました」

天神鬚の百助は名人肌の研ぎ師で有名だった。気に入らぬ刀となればいくら万金を目の前に積まれようと断った。それだけに初めての客は、緊張して自らの刀の検分を願うことになる。

「お急ぎか」

「鵜飼様のご都合のままにと養父からの言伝にございます」

「置いておかれよ。研ぎ上がったれば柳次郎に伝える」

「有難うございます」

磐音は玲圓から渡された奉書包みの小判を差し出した。

「頂戴しよう」

百助は中身を聞こうともせず包みを受け取り、磐音の腰の差料に視線をやった。

「備前長船長義ではないようじゃな」

「養父が使い慣れてみよと、今朝方それがしに貸し与えられし一刀にございます」

磐音はすらりと腰から抜くと百助に渡した。

「拝見いたす」

と穏やかな光が射し込む研ぎ場で鞘から抜いた百助が、

「近江大掾藤原忠広じゃな。小杢目がよく練れてなんとも美しい」

と一瞬にして言い当て、食い入るように凝視したのちに、

「玲圓先生がそなたに使い慣れよと言われた理由が分かるわ」

と謎《なぞ》めいた言葉を呟いたものだ。

四

磐音に霧子を伴い本所吉岡町から深川六間堀に向かった

夕暮れの横川にも竪川にも、燕が飽きることなく飛翔し、方向を転じていた。その中には親子の燕もいた。親燕は南に赴く長旅に耐えるよう、子燕に飛び方を教えているのだ。

霧子は本所から深川界隈の風景が珍しいのか、目をきらきらと輝かせて、往来する人々や商いの様子などを見ていた。ちょうど仕事仕舞いの刻限である。お店では小僧が店前の掃き掃除をしたり、職人が道具箱を肩に長屋に戻る風景が見られた。

「神保小路界隈とは趣がいささか違おう」

「かようにのんびりと歩くのは初めてのことにございます。なぜか懐かしい気持ちがするのはどうしたことでしょう」

と霧子が呟いた。

霧子は、先の日光社参には田沼意次の極秘の命を受けた総頭《そうがしら》雑賀泰造《たいぞう》日根《ひね》八《はち》の配下の一人として、西の丸徳川家基の暗殺に加わっていた。

その若い女忍びを弥助が捕らえ、磐音が家基の江戸帰路の一行に加えて尚武館に連れてきた経緯があった。

磐音とて、霧子がどのような場所でどのようにして生を享け、どのような育ち方をしたのか承知していなかった。そこで磐音は、

「霧子、そなたが物心ついて最初に目に映じた風景はなにか」

と訊いてみた。

霧子が、過ぎ去った時の彼方を振り返るような眼差しを夕暮れの空に向けた。

「女の背に負われ、山葡萄《やまぶどう》の実を摘んでいる風景にございます」

霧子は一瞬あとに答えた。

「山葡萄をな」

「今のように西日が射していたのでしょうか。黄色に色付いた山葡萄の葉群が鮮やかで目に染みました。そして、女の手がせっせと山葡萄を積むたびに、私の体が前屈《かが》みになったり反り返ったりしました」

「その女はそなたの母者か」

「いえ、婆様《ばば》と呼ばれていた年寄りでした。婆様が時に私に山葡萄を食べさせてくれました。山葡萄の実の甘酸っぱい味と、婆様のごつごつとした骨と背の温もりを、今も覚えております」

「それがいくつのことか――

三つになっていたでしょうが、笠桜が胸に「いた箍に、山菴菴の黒くて紫色の実がたくさん摘まれていたことも記憶しています」

「父御も母御も覚えはないか」

「ございません」

と霧子が顔を振り、折りから家路に向かう親子連れに目をやった。

「小頭がいつぞや、おまえは摂津堺の商家から拐《かどわか》されて雑賀衆に加わった子と洩らしたことがございます」

「なんと」

「雑賀衆では格別なことではございません。仲間同士で子が生まれても、たれが父か母か分からぬように育てられるのです」

「そなた、この景色が懐かしいと申したな」

「はい。されど物心ついてこのような光景を見た覚えはございません」

「幼い霧子の頭に、生まれ育った摂津の町並みが刻まれているのであろうか」

「さてどうでございましょう」

磐音と霧子は竪川を二ッ目之橋で本所側から深川側へと渡った。

「若先生はこの界隈で過ごされたのですね」

「竪川に南から六間堀がつながっているが、それがし、その六間堀端で何年か暮らさせてもろうた。江戸はむろん初めてのことではない。旧藩におったとき、上屋敷で過ごしておったでな。じゃが、それがしにとって懐かしい江戸は、この界隈なのだ。戻ってくるとほっといたす」

「おこん様もこの地で生まれ育たれたのですね」

「いかにもさよう」

霧子は常夜灯が点され始めた六間堀の河岸道を興味深げに眺め、裏長屋から漂い流れる夕餉の匂いをくんくんと嗅いだりした。

「腹が減ったか。白山のようじゃな」

「白山と霧子はよう似ております。親がたれかも分からず、長い旅の果てに尚武館に流れ着いたのですから」

「もはやそなたにも白山にも尚武館が家じゃぞ」

磐音は口にはしなかったが、それは己にとっても霧子や白山と同じように、波乱の運命を辿って得た、

「家」

であったのだ。

「はい」

堀伝いに香ばしい匂いが漂ってきた。

六間堀と五間堀が合流する北之橋際に盛業する深川鰻処《うなぎどころ》宮戸川から漂い流れる、蒲焼《かばやき》の垂れが炭火に焦げる匂いだった。そして、宮戸川の周りの堀端には、江戸じゅうから鰻を賞味に来た客の猪牙舟《ちょきぶね》が何艘《そう》も舫《もや》われ、船頭が煙草《たばこ》をくゆらせながら客の帰りを待っていた。

橋を渡ろうとすると、

「おや、佐々木様、このような刻限に珍しゅうございますね」

と鉄五郎親方の声がした。

「吉岡町の天神鬚の百助様のところに、刀の研ぎを願いに行った帰りでござる。本日は弟子の霧子を伴いました。親方自慢の蒲焼を霧子に馳走してくださらぬか」

と磐音が頼むと、

「秋口になって千客万来でございましてね、入れ込みも二階座敷も一杯でさあ。帳場でようございますか」

と鉄五郎が恐縮の体で言った。

「そのほうが気兼ねない」

と答えた磬音は鉄五郎に近付き、

「手が空《す》いたときでよい、親方にいささか相談もあって参った」

鉄五郎が黙って頷いた。

「あれ、若先生、こんな刻限にお小姓を連れて鰻を食しに来たのか。おこんさんに断ってきたろうね」

と幸吉《こうきち》が嬉しそうな顔を覗かせた。

「幸吉、てめえが案ずるこっちゃねえや。佐々木様と門弟さんを帳場に案内しな」

と命じ、幸吉が、

「あれ、お小姓かと思ったら霧子さんか」

と笑った。

「幸吉、霧子を承知か」

「そりゃ、男ばかりの門弟の中に女の弟子は珍しいもんな。気にしてたんだ」

遣いにでも行った折り、霧子を見かけて目に留めていたか。

「幸吉、てめえは娘となるとすぐに顔と名を覚えやがる。もう少し仕事のほうでその才を発揮できねえもんかね」

と鉄五郎が苦笑いしたとき、

「熱燗で五、六本、酒を持て」

という叫び声が階下まで響いてきた。

「商売繁盛なによりですね」

磐音の言葉に鉄五郎がちらりと、鰻を焼く煙が立ち昇る天井に目をやって、

「初めての客なんですが、昼過ぎから座敷に上がって酒ばかり呷《あお》ってね、他の客の迷惑なんぞ考えもしない輩《やから》ですよ」

と小声で言い、苦笑いした。

「うちは飲み屋じゃありませんよね。白焼きで一、二本酒を飲んで鰻を召し上がってさあっと粋に引き上げる、これが客なのにね」

と幸吉が言うと、

「今、お届けに上がります」

と叫び返し、磐音を見た。

「幸吉、お客人の注文が先だ。こちらは宮戸川の帳場がどこにあるかとくと承知だ」

頷いた幸吉が店の中に駆け込み、

「お屋敷の奉公人ですか」

と磐音が鉄五郎に訊いた。

深川六間堀界隈には大名家の下屋敷もあれば、御籾蔵《おもみぐら》には幕府の役人が勤めていた。

「いえ、上方から乗船して久しぶりに江戸に戻ったとか。剣術家風だが、どんな身過ぎ世過ぎをしているんだか分かったもんじゃございませんや。形《なり》が悪くはなさそうなんで、つい小女が二階座敷に上げちまったんで」

と鉄五郎も、座敷に上げたのが失敗という表情を見せた。

「ささっ、帳場に通ってくだせえ」

鉄五郎の言葉に磐音は霧子を伴い、宮戸川の台所に入った。

「おや、若先生」

と小女のおもとや松吉《まつきち》が忙しそうに働きながら磐音に声をかけた。そして、磐音の知らない男衆《おとこし》や女衆《おんなし》がいた。宮戸川は新たに奉公人を雇ったようだ。

そんなことを思いながら、奥にある帳場座敷に通った。

裏庭に面して縁側があり、そこに二人が立つと、磐音が次平《じへい》や松吉らと漫を割いた井戸端の割き場が見えた。洗い桶や俎板が干してあり、青竹やら竹串がたくさん並べてあった。竹串もまた青竹から幸吉らが手造りするのだ。

「霧子、あの井戸端がそれがしの古戦場だ」

「あそこで若先生は鰻を割かれたのでございますか」

霧子が興味津々に井戸端を眺めた。そこへ宮戸川の女将のおさよが、

「この刻限にございます。茶より酒にございましょう」

と温《ぬる》めの燗酒を運んできて、

「若先生、お連れ様はどうなさいますか」

と霧子のことを気にした。

「霧子、酒を嗜《たしな》むか」

「若先生、お茶を頂戴しとうございます」

と二人は座敷に腰を落ち着けた。

「幸吉が、綺麗なお小姓さんというのも無理はないですよ。若衆姿に扮《ふん》しておられるが娘さんだ」

「女将さん、尚武館の住み込み門弟の一人でな、本日はおこんの勧めで霧子をこちらに伴うた」

「おこんさんのお勧めですか。尚武館でなんぞございましたので」

「というわけではないが、男の門弟に混じってよう頑張っておるゆえ、褒美に名物の蒲焼を食べさせよということにござる」

「霧子さん、ただ今お茶をお持ちしますよ」

と言ったおさよが、

「若先生、とうとう次平が仕事を辞めました」

と告げた。

次平は磐音の先輩にあたる鰻割きだが、歳を取って手が動かなくなり、磐音や松吉が五匹捌くところ、ようやく一匹か二匹をこなすのがやっとだった。

「最近では手の震えが酷《ひど》くなりましてね、ようやく捌いた鰻も客に出せる仕事じゃなくなりましたので。親方は割き仕事を辞めさせて台所の下働きをさせようとしたんですが、それが気に入らなかったのか、突然姿を見せなくなっちまったんですよ。うちのは、永年務めた次平だ、辞めるなら辞めるで快く送り出したい、と思案していたんですがね」

とぼやいた。

「確か娘夫婦が、次平どのの近くに住んでおられたと思うが―

「おせきさんがうちに来て、お父っつぁんが永らくご厄介をかけましたと詫びて行きましたよ。子の心親知らずもいいとこですよ」

とおさよが不満を洩らして帳場から消えた。

霧子が徳利を取り上げ、

「若先生、どうぞ」

と酌をしようとした。

「霧子から酌をしてもらうなど初めてだな」

「私も初めてです。弥助様から、女なんだから、ちっとは世間の仕来りも知らなければならない、とお小言を頂戴します」

と霧子が苦笑いした。

「一杯だけ貰《もら》おうか」

磐音は霧子の酌で静かに温めの燗酒を口に含んだ。ひんやりとした冷気に飲む温燗はなんとも甘露だった。

「格別に美味いぞ、霧子」

と磐音が言うと、霧子がにっこりと笑った。

「本日のお供はおこん様のお考えにございますか」

「霧子は尚武館にとってただの門弟ではないからな。弥助どのを助けて働いてくれておる。それに過日は重富利次郎どのが迷うたとき、よう面倒を見てくれた。養父もおこんもそなたには感謝しておる」

「それで本日のお供にございましたか」

「迷惑であったか」

「いえ、そのようなことは」

霧子が笑みを浮かべた。

「先日、おこん様には呉服屋にお連れいただき、季節の小袖を誂《あつら》えていただきました」

「ほう、そのようなことがあったか。稽古着や若衆姿もよいが、時に形を変えて弥助どのを驚かせるのもよかろう」

宮戸川の客が何組か帰る様子があり、段々と客の気配が消えていった。だが、昼過ぎから二階座敷に陣取るという客は、相変わらず酒の追加を絶やさなかった。

「お待たせいたしました」

と鉄五郎自ら鰻の蒲焼を運んできた。

「霧子、焼き立てのうちに賞味するがよい」

と磐音が霧子に勧め、霧子も
「頂戴いたします」

と素直に受けた。膳に向かい合掌した霧子が蒲焼に箸《はし》を入れて、

「柔らこうございます」

と呟きながら口に運び、しばし箸を宙に止めたままじいっとしていたが、

「親方どの、このような美味、生まれてこのかた食したことはございません」

とにっこり笑った。

「その言葉、なんど聞いても嬉しいね。剣術の稽古は男だって大変な修行だ。それを娘のおまえ様が頑張っておられるのだ。精々滋養のある鰻を食っていってくだせえ」

と応じた鉄五郎が、

「御用だそうでございますが、二階はまだあの連中が居座っておりましてな」

と霧子のことを気にかけた。

「霧子のことならば、気にせずともようござる」

すでに霧子は弥助とともに西の丸に忍び込み、家基の影警護に当たったこともあり、佐々木父子が田沼意次と暗闘を繰り返していることを承知していた。

「桂川先生からの言伝にござってな、近々あのお方をこちらにお連れします」

「やはりそのことにございましたか」

と応じた鉄五郎が、

「いつのことにございますな」

「近々桂川先生が西の丸に上がり、打ち合わせをして参られる。それ次第で日程が決まろう」

「畏まりました」

と答えた鉄五郎の顔に緊張があった。

「お忍びは徒歩《かち》でございますか、船にございますか」

「われら、比丘尼《びくに》橋際に屋根船を用意して、水上にて行動しようと思うております」

「その日、店仕舞いをいたしますかえ」

「いや、いつもどおりに暖簾《のれん》を上げて、商売に務めておられるほうがよかろうと思う。そのほうが身分も知れまいし、お喜びにもなられよう」

「ならば二階座敷を取っておきます」

磐音が鉄五郎とあれこれ当日のことを打ち合わせする間に、霧子は黙々と鰻の

蒲焼と浅蜊の汁と香のものでご飯を食した。磐音も酒を早々に切り上げて蒲焼に箸を付けた。磐音が食し終えた頃合い、

「親方、二階の客、まだ酒が欲しいというんですよ」

と幸吉が帳場に顔を覗かせた。

「他のお客様はどうなさった」

「最後のお客が帰り仕度をしていましてね、あいつらだけが居座るつもりですよ」

「おさよ、そろそろ店仕舞いの時分ですとお願いしてみろ」

と鉄五郎がおさよに命じた。

「あいよ」

とおさよが店に戻り、階段を上がっていく気配がして、

「美味しゅうございましたよ」

と別の客が帰る声が帳場に聞こえてきた。

二階では、おさよが客に店仕舞いの刻限と願っている気配が伝わってきた。しばらく沈黙があったと思ったら、
がちゃん

と食器が壁に叩き付けられたか割れる音がして、

「この店では酒を飲んでおる客を追い出す慣わしか。面白い、追い出せるものなら追い出してみよ！」

という怒声が響き渡り、

「ひえっ」

というおさよの悲鳴がして、階段にどかどかという乱暴な足音が響いた。

鉄五郎が立ち上がろうとした。

「親方、お待ちあれ」

磐音は幸吉に、

「幸吉、地蔵蕎麦までひとっ走りし、地蔵の親分に伝えてくれ。この者たち、最初からただで飲み食いしようとしているのじゃ」

と命じた。

「合点だ」

と幸吉が裏木戸を開いて飛び出していった。

磐音は、霧子が帳場座敷から庭先にふわりと飛び下りたのを見ていた。

大たぶさに束ねた武芸者を先頭に、二、三人がおさよの襟首《えりくび》を摑んで帳場に入ってきた。

「店の主はおるか」

「わっしが主《あるじ》の鉄五郎ですが」

「この家は客の注文にも応じぬのか」

大たぶさがおさよの襟首を突き放して座敷に転がした。

「なにをなさるんで。お客のするこっちゃありませんぜ」

「煩《うるさ》い。かような店には礼儀を教えてくれん」

と大たぶさと仲間たちが剣を抜いた。

「てめえら、最初から居直って銭でも脅《おど》しとろうって算段だな。許せねえ」

と鉄五郎が片膝を立てた。

「血を見ぬと、われらが申すこと聞けぬとみえるな」

と剣を振り回そうとしたとき、

「およしなされ」

という磬音の長閑な声が帳場に響いた。

「なんだ、そのほう」

「この家の鰻割きでな、昔厄介になった者にござる」

「鰻割きじゃと、黙って控えておればよいものを。そのほうから叩っ斬られたいか」

と叫んだ大たぶさが仲間に、

「おれがこやつを叩っ斬る。歳三《としぞう》、総次郎《そうじろう》、おぬしら、銭函《ぜにばこ》から売り上げ金を掻っ攫《さら》え」

と命じた。

やはり居直り強盗を企てる輩だ。

磐音が膳の徳利を摑んだ。

大たぶさが磐音に踏み込んできた。

その瞬間、庭先から、

しゅっしゅっ

という音が立て続けにして、二本の竹串が虚空を飛んで大たぶさの瞼に突き立ち、さらに三本目、四本目が、帳場の銭函に手を突っ込もうとした仲間の首筋や額に当たって竦ませた。

「霧子、ようやった」

磐音はかたわらの藤原忠広を摑むと、刀を納めたままの鞘の鐺で、竹串が突き立った傷を押さえて立ち上がろうとした大たぶさと仲間二人の鳩尾を次々に突き上げ、帳場に転がした。

「女将さん、仲間はまだ何人残っておるな」

「二階に三人が」

とおさよが指を突き上げた。

「霧子ばかり働かせてもいかぬゆえ、それがしもいささか汗をかこうか」

と磐音が音もなく店に走り、階段を駆け上がる気配の後、鉄五郎らは、

「ああっ」

とか、

「ううーん」

という呻き声の後、どたりどたりと畳に倒れる音を聞いた。

庭先の霧子が静かに、

「終わりました」

と騒ぎの終息を宣言した。

第四章　二寸二分の見切り

一

法恩寺橋際から地蔵の竹蔵親分と手下《てか》たちが宮戸川に駆け付けたとき、六人の侍は魚河岸《うおがし》に上げられた鮪《まぐろ》のように土間に並べられ、霧子は自らが投げた竹串手裏剣で負わせた怪我の治療をしていた。

磐音と霧子が気を失わせた連中の大小は、下げ緒でひと括りに縛ってあった。

磐音が感心したのは、大たぶさに突き立った竹串の位置だ。眼球を外して瞼の上に突き立てられ、一瞬にして両目の視力を束の間奪い去っていた。

手近なものを武器に利用する、下忍《しのび》ならではの技だった。

その傷に焼酎をかけて消毒し、手拭いを使って血止めをする手際もまたなかなか堂に入ったものだ。雑賀衆の一員として育てられた霧子は怪我　疾の治療を身に付けさせられていた。

「親分、早く早く！」

と竹蔵らの後から店に飛び込んできた幸吉が、

「あれ、こいつら、寝っ転がってるぞ」

と驚きの声を上げた。

本所から走ってきた竹蔵が、ふうっと息を一つ吐いて、

「だから、幸吉、佐々木様がいなさるのなら慌てることはねえ、と言ったろうが」

と手拭いで額の汗を拭った。

「地蔵の親分、ご苦労にござる」

「佐々木様、呆れた侍もいたもんでございますね。宮戸川に居直り強盗ですかえ。それも宵の口だときてやがる。さらに間が悪いことに佐々木様がおられるところで悪さをしようなんて、こやつら、どんな了見ですかねえ」

竹蔵が呆れ顔で六人を見下ろした。

「親分、悪いな。こいつら、横川辺りの船問屋の関わりの荷船に乗り込んで、上

方から江戸に舞い戻ったようなことを声高に話していたが、まさかこの形《なり》だ、懐《ふところ》に銭がないなんて思わなかったぜ。酒ばかり注文してえらく長居すると思ったら、強盗に早代わりだ」

鉄五郎が竹蔵に声をかけた。

「上方から船で舞い戻ったって言ってましたかい。並の人間のやるこっちゃねえぜ」

普段穏やかな竹蔵の目がぎらりと光った。

「ひょっとしたら、江戸で悪さを繰り返し、三年も前に上方に高飛びしてほとぼりを冷まそうとした、元御家人長谷川《はせがわ》蓑之助《みののすけ》の一味かもしれませんぜ。上方からも手配書が回ってきていたはずだ、あっちも食い詰めたか。とすると佐々木様、お手柄ですよ」

と竹蔵が磐音に言った。

磐音は霧子の手当てを見ていたが、

「親分、それがしは働いておらぬ。この者たち、霧子の竹串手裏剣に機先を制せられ、後れを取ったのだ」

「ほう、女門弟さんの手柄ですかえ」

と感心した竹蔵が
「後ろ手に縛り上げて数珠繋《じゅずつな》ぎにしろ。大番屋に連れて行くぞ」

と手下たちに命じた。

「親分、喉が渇いたろう。茶でも飲んでくんな」

鉄五郎が茶を淹れてきた。

「霧子、ついでじゃ。この者たちを番屋まで送り届けようか」

と言って磐音は帰り仕度を始めた。

「佐々木様にまで手数をおかけして申し訳ございません」

と竹蔵が詫び、霧子が手際よく後ろ手に縛った六人の背に活を入れて息を吹き返させた。

意識を取り戻した大たぶさが、

「な、なぜだ。目が見えぬ」

と動顚《どうてん》したように喚《わめ》いた。

「騒ぐでない。眼だまに竹串が突き立ったわけではない。明日になれば見えるようになるゆえ、大人しくしておれ。目に当てた手拭いを取ると失明するやもしれぬでな」

と磐音が脅しを交えて言い聞かせると、

「なんとも不覚であったわ」

とそれでも虚勢を張ろうとした。

「てめえら、耳かっぽじって聞きやがれ。ここにおられるのは、神保小路は直心影流尚武館佐々木道場の若先生と門弟だ。下調べに大番屋に連れて行くが、逃げ出そうなんて考えると素っ首が胴から離れるぜ」

と竹蔵が一喝して六人の抵抗心に釘を刺した。

宮戸川の土間から立ち上がらされた六人が、数珠繋ぎで表に連れ出され、霧子が見張って大番屋に向かった。

最後に竹蔵が束ねられた大小を担ぎ、磐音も従って宮戸川を出ようとすると、

「佐々木様、とんだ災難でしたね」

とおさよが磐音をすまなそうに見た。

「女将《おかみ》さんこそ災難であったな。怪我はござらぬか」

「怪我はございませんが、襟首を摑まれたんで一時《いっとき》息ができませんでしたよ。とにかく佐々木様がいてくださって助かりました」

「今宵はお暇《いとま》いたす。親方、最前の話、宜しく頼みます。日にちが決まったらす

くに知らせます」

「承知しました」

と鉄五郎が答え、六人連れが消えた宮戸川は急に静かになった。

翌朝、朝稽古が終わった刻限、木下一郎太と竹蔵親分が尚武館に顔を出した。磐音がそのことを知らされて玄関に出てみると、二人は門下で白山をかまっていた。

「ご苦労にございます」

と磐音が稽古着に下駄を突っかけ式台から門に出ると、振り向いた竹蔵の額に汗が光っていた。

だが、神保小路に降る陽射しも吹き抜ける風ももう秋の気配を滲《にじ》ませていた。

「相変わらず佐々木さんの行かれるところ騒ぎが絶えませんね」

と一郎太が笑みの顔を向けた。

（おや）

と磐音は一郎太の様子に変化が生じたように感じたが、それがなにか気付かなかった。

「昨夜《ゆうべ》のことなら、わざわざ尚武館においでになることはありません。偶々《たまたま》用事があって宮戸川に居合わせたのです」

「偶には馴染んだ奉行所とは違った風に当たりたくなり、神保小路に上がってきたんです」

と一郎太の顔が定廻り同心の顔に戻っていた。

「ならば離れ屋に参りましょう」

「おこんさんのお顔を見たいしな」

と一郎太の顔から笑みが零《こぼ》れた。

(やっぱりどこかおかしい)

と磐音は思った。

離れ屋ではおこんが稽古三味線を膝に抱え、弦も張ってない三味線に撥《ばち》を当てて空弾きしていた。

「おや、三味線の稽古を始められましたか」

と一郎太が如才なく言った。

「あら、木下様。養母《はは》に付き合って三味線の手習いを始めましたが、私は全くの素人《しろうと》ですので、三弦に撥をあてるなど騒音の因《もと》にございましょう。近所のお屋敷から苦情が参らぬともかぎりません、まずは空弾きで手の動きを覚えようと、独り稽古をしているところです」

とおこんが照れ笑いをして急いで三味線を片付けた。

「おこん、木下どのと地蔵の親分は昨日の一件で参られたのだ」

磐音と霧子が尚武館に戻ったのは四つ（午後十時）の頃合いだった。磐音は宮戸川の騒ぎと霧子の活躍を掻い摘んでおこんに伝えていた。

「佐々木様、霧子さんに竹串を二本突き立てられた大たぶさですがね、元小十人《こじゅうにん》組《ぐみ》長谷川蓑之助に間違いございませんでしたよ。三年前、賭場荒らしを繰り返し、伊予《いよ》今治《いまばり》藩下屋敷の中間《ちゅうげん》一人を斬り殺して数人に怪我を負わせ、江戸を逃げ出した野郎でございました」

と竹蔵が磐音に説明した。

「大坂でも同じようなことを繰り返していたらしく、町奉行所に手配書が回ってきております。あやつの組屋敷は小日向《こひなた》の石切橋近くにございまして、深川界隈の地理に暗かったようです。商売繁盛の宮戸川を見かけ、行き当たりばったりに狙《ねら》いをつけたようなのです」

「それはなんとも気の毒にござる」

「気の毒なものですか。江戸と上方の所業を合わせたら、獄門でも釣りがくる連中です」

と竹蔵が言い切った。

「笹塚様から言伝にございます。昨晩はご苦労にござった、平素よりの南町奉行所への懇切なる力添え深く痛み入る、とのことでした」

「木下様」

「おこんさん、分かっております。佐々木磐音様は南町の方ではございません。どこか勘違いしておられるのは、うちの年番方与力です」

と一郎太がすまなそうに言った。

「口ではそう仰りながら、笹塚様はなにかとうちの旦那様を重宝にお遣いです」

一郎太が頭を掻くと、

「これ以上言いにくくなったな」

と困った表情を見せた。

「あら、木下様。まだ笹塚様からの言伝があるのですか」

「はっ、はあ。霧子と申す女門弟どのには、他日、奉行よりお褒めの言葉があろうということです一

「まあ、霧子さんにお褒めの言葉とは、きっと裏があってのことでしょうね」

「これ、おこん、木下どのをそう責め立ててはならぬ」

磐音の言葉に、一郎太がますます困惑の顔をした。

「木下どの、笹塚様はなんと言われましたので」

「はっ、はあ」

一郎太はおこんの様子を気にした。代わりに竹蔵親分が、

「佐々木様、昨夜、わっしらが宮戸川に駆け付けたとき、なかなか早かったとは思われませんでしたか」

「そういえば迅速であったな」

「もっとも、事はすでに終わった後でしたがね。わっしら、例の佐渡行きの水替え人足一行から抜けた無宿者、竜神の平造一味の張り込みに取りかかっていたところなんで」

「越後黒川藩柳沢家下屋敷の張り込みを始めたのですね」

「へえ。殿様と奥方様が御箪笥《おたんす》町の上屋敷にお戻りになり、木下様のお指図で南割下水、あの辺りの者が錦糸《きんし》堀と呼ぶ下屋敷の見張りを始めたところだったのでございます。見張りには荷船に苫《とま》屋根を葺《ふ》きましてね、うちが本陣にございます

んで」

「そうでしたか」

と頷く磐音に一郎太も覚悟したように、

「昨日辺りから本所界隈に竜神の平造の一の子分、赤っ鼻の勝太郎《かったろう》の姿を見かけたという者がおりましてね。今晩あたり、平造が柳沢家の下屋敷に姿を見せてもよい頃だと、笹塚様が若先生に伝えてくれと言われたので」

おこんの顔色を窺いながら竹蔵の言葉を補った。

「あらあら、やはり笹塚様はうちの旦那様を気軽にお使い立てなされようという魂胆ですね」

「おこん、まあ、そう申すな。木下どのは笹塚様ではないのだからな」

「磐音様がそのようにお優しいから、笹塚様が付け入られるのです」

いかにもさようです、と木下一郎太が真面目《まじめ》な顔で答え、

「このこと、町奉行所の御用にございます。われらでなんとかいたします」

と一郎太が答え、おこんが言い過ぎたかという顔をした。

一郎太と竹蔵が戻った後、おこんが、

「木下様に言い過ぎてしまいました」

「木下どのはこちらの気持ちも分かっておられる。苦しいお立場なのじゃ」

「差し出がましいことを申しました」

とおこんが磐音に詫びた。

「それよりおこん、木下どのの表情がなんとのういつもと違うたと思わぬか」

「木下様のお顔がですか。私、つい向きになって、木下様の困ったお顔しか覚えておりません」

「そうか。ならばそれがしの勘違いか」

昼餉《ひるげ》の後、磐音は珍しく昼寝を半刻（一時間）ほどした。

目を覚ました磐音は母屋に行き、昨日のことを報告した。

「研ぎ上がるのが楽しみじゃな」

「養父《ちち》上《うえ》、鵜飼様はそれがしの差した藤原忠広をしばし食い入るように見詰め、玲圓先生がそなたに使い慣れよと言われた理由が分かる、と述べられました」

「さすがは鵜飼百助どのかな。もっとも、そなたもすでに分かっておろう」

「それがしが普段使い慣れた包平《かねひら》は二尺七寸、藤原忠広は二寸余短うございます。二寸二分の踏み込みを、養父上は指摘なされたのでございましょう」

頷いた玲圓が、

「人間たれしも頭では分かっておるつもりが、いざとなったとき、体が追い付かぬことがある。二寸二分の踏み込みと見切りを体に馴染ませることじゃ。鵜飼百助どのはそなたの包平をよう承知ゆえ、次の折り、藤原忠広を見せる機会あらば、鵜飼どのが評価をしてくだされよう」

「はい」

磐音は名人二人が吐いた言葉の意味を体で知ろうと肝に銘じた。

「磐音、船はどうなっておる」

「できればただ今から川清に参ろうかと存じます」

「手配りは早いほうがよいからな。頼もう」

離れ屋に磐音が戻ると、おこんが磐音の他所行《よそゆ》きを出していた。

「よう分かったたな。柳橋の川清に参る」

「川向こうにも御用がおありかと存じます」

「すまぬな、おこん」

「それがうちの旦那様のよきところかと存じます」

磐音は地味な縦縞《たてじま》の小袖に袴をつけて、塗笠《ぬりがさ》を小脇に、おこんに見送られて尚武館の門を出た。

白山が磐音に向かってわずかに尻尾《しっぽ》を振った。

「お気を付けて」

「うーむ」

二人は短い言葉を交わし合った。


「ご免」

被っていた塗笠の紐を解いて船宿川清の暖簾を潜った。

「おや、尚武館の若先生」

女将《おかみ》のお蝶《ちょう》が磐音を迎えた。三十の半ばか、先代の実の娘だ。船宿稼業は、

「女将の気風《きっぷ》と色気」

で持つといわれる商いだ。川清は神田川と大川の合流部の柳橋で盛業を続けてきた老舗《しにせ》だ。お蝶も全てを心得た女将だった。

「船にございますか」

「いや、本日は主《あるじ》の耕右衛門《こうえもん》どのに願いの儀があって参りました。おられようか」

「亭主は船着場で新造船を見ております。ただ今呼びます」

「それがしのほうから参ろう」

磐音は潜ったばかりの暖簾を掻き分けて表に出ると、河岸道を横切った。すると川清の主の耕右衛門と小吉《こきち》が新しい猪牙舟を点検していた。

河岸道に植えられた柳の葉が二人の体に木漏れ日を落としていた。

耕右衛門は旦那然とした主ではなく、船頭が足りなければ自ら櫓《ろ》を操る親方肌だった。四十前の働き盛りだ。

磐音とは深い付き合いはないが、今津屋とは何代も前からの付き合いだ。そのお店に出入りを許された磐音とも時に顔を合わせてきた。

磐音が船着場に下りると、気配に気付いた小吉が振り向き、

「佐々木様、いらっしゃい」

と挨拶した。

「出羽山形に旅されていたそうですね」

「いかにも、夏の旅をして参った」

と答える磐音に耕右衛門が、

「お久しぶりにございます」

と笑顔を向けた。

「本日は内々の願いの儀があって参りました」

「旦那、わっしはこれで」

と小吉がその場を外そうとした。

「小吉どのにも頼みがござる。耕右衛門どのと一緒に聞いてはくれぬか」

「佐々木様、いつぞやのように阿蘭陀人に船を仕立てる話ですかえ」

小吉が勘よくも磐音に問い返した。

「ツュンベリーどのの時も世話になったな。じゃが、こたびは比較にならぬほど秘匿されねばならぬ話にござる」

二人の顔に緊張が奔った。

「どんなことにございますな」

辺りには三人の他に人影はない。

磐音は家基の名を出すことなく、徳川一門のさるお方が比丘尼橋から乗り込み、半日の船遊びをなすことを語った。

「川清でなければ持ち込めぬ話じゃ。耕右衛門どの、承知していただけようか」

「屋根船の船頭は小吉でようございますね」

「そう考えて参った」

「助《すけ》船頭はわっしが務めさせていただきます」

と万事を呑み込んだ川清七代目の耕右衛門が胸を叩いた。

「助かった」

磐音の返事ににっこりと笑った耕右衛門が、

「佐々木様、神保小路に入られて益々ご多忙の様子でございますね」

「おこんを心配ばかりさせております」

「そこにな、おこん様も惚れられたんでございますよ」

と船宿の主が言い切った。

二

七つ半(午後五時)の頃合い、磐音は地蔵蕎麦の縄暖簾を分けた。すると店の奥から南町奉行所定廻り同心木下一郎太が、

(おや)

という顔で磐音を迎えた。

地蔵蕎麦の常連客に、この店の主が蕎麦屋と十手持ちの二足の草鞋を履いていることを承知していた。町方同心が出入りしても格別不思議な顔もしない。それより、地蔵蕎麦を番屋と心得ている土地の人間もいる。だが、出入りする一郎太らは一応地蔵蕎麦の表看板を考慮して、待機するときは店座敷ではなく竹蔵一家の居室の店裏に集っていた。

磐音も釜場《かまば》を横目に帳場に通った。

「おこんさんがお許しになりましたか」

と一郎太が磐音に訊いた。

「おこんはああ言うたが、それがしがどうするか承知なのです。木下どのゆえ、ついあのように甘えた言葉を口にしたのです」

「笹塚様は、もはや尚武館の手伝いは受けられぬかのう、と寂しげに嘆いておられました」

と答えた一郎太に、

「木下の旦那、わっしが申したでしょ。佐々木様は必ず参られるって」

と竹蔵親分が言ったものだ。

「なんぞ変わりはございましたか」

手入れの行き届いた庭が見える帳場に腰を下ろしながら磐音が問うた。

手下たちは南割下水錦糸堀の越後黒川藩の下屋敷を見張っているのか、一人として姿は見えなかった。

一郎太と竹蔵が悠然としているのはまだ刻限が早いからだ。

「竜神の平造め、用心してか、なかなかこの界隈に姿を見せねえんで」

「張り込みが長期戦になるかと、今も竹蔵と話していたところです。佐々木さんに幾日も本所まで通わせるのは気の毒です。なによりおこんさんに叱られそうだ」

と未だ一郎太がそのことを気にした。

「そのような斟酌《しんしゃく》は無用に願います」

と答えた磐音は一郎太の顔をまじまじと見た。

「なにかおかしゅうございますか」

「懐に匂い袋でもお持ちですか」

「やはり同心が匂い袋はおかしいですかね」

と一郎太が磐音に訊き返した。

「秋口は意外と汗をかく時節です。武士の嗜み、匂い袋もようございましょう」

「そうですか　悪くはございませんか」

　と一郎太がほっとした顔をした。

「それこそ笹塚様はどう仰いますか」

「それなのです、佐々木さん」

「なんぞお小言がありましたか」

「いえ、最初の日に私の顔をじろりと一瞥されたきり、なにも申されません。あの顔は確かに気付いておるのだがな」

　と一郎太が迷うように言った。

　いつもは鷹揚な一郎太になにがあったのか、磐音は訝った。

　二人の会話をかたわらから黙って聞いていた竹蔵が、

「佐々木様もなんとなく旦那の様子がおかしいとお感じのようですね」

「親分、先ほど、そなたとともに尚武館に来たとき、おや、と思うたのだが、あとでおこんに尋ねても気付かなかったようで、それがしの勘違いであったかと思い直したのだが」

　一郎太は磐音の言葉を聞きながら、綺麗に剃刀《かみそり》が入れられた顎を片手で撫で、にこにこしていた。

町方同心の身嗜《みだしな》みがよいことは知られていた。三十俵二人扶持の身でありながら毎日湯屋に行き、髪結いにきりりと本多髷《ほんだまげ》に結ってもらっていた。いつなにがあってもいいようにとの覚悟とも言えたが、御目見《おめみえ》以下の身分ゆえ、時に、

「不浄役人」

とまで蔑まれる町方同心の矜持でもあったのだ。だが、一郎太のそれは、そのような身嗜みとはいささか異なる気がした。

「木下どの、どなたかからの頂き物ですね」

独り者の一郎太にそろそろ嫁をと考えているのは、上役の笹塚孫一ばかりではない。常に従う小者の東吉《とうきち》など、

「旦那様、男所帯では蛆《うじ》が湧きます」

と口を酸《す》っぱくしていたが、一郎太にその気はないように思えた。

「親分は事情をご存じのようだ」

一郎太の照れた様子に、竹蔵に訊いた。

「旦那、佐々木様には事情を承知してもらったほうがようございましょう。わっしから話していいですね」

と竹蔵が一郎太に訊いた。一郎太はなにも答えない。だが、その顔が
（かまわぬ）

　と答えていた。

「この話、木下の旦那が初心《うぶ》に過ぎるのが発端で、なにもこんなに遠回りすることもねえ話です。八丁堀の木下様の三軒隣が北町与力瀬《せ》上《がみ》菊《きく》五《ご》郎《ろう》様の役宅にございますが、こちらに次女の菊乃《きくの》様がおられて木下様より三つ年下、幼馴染みでございます。わっしがまだ先代に従っていた頃、八丁堀まで参りますと、幼い一郎太様と菊乃様が仲良く遊んでおられるのを見かけたもので」

「ほう、初耳です」

　磐音は東吉から愚痴めいた話を聞いたことをおぼろに記憶していた。

「あれほど兄妹のように仲の良かったお二人が、成長なさると幼い頃のように純真に遊べないものですかね」

「竹蔵、致し方なかろう。男女七歳にして席を同じゅうせずと、八丁堀でも一応大人の目が光っているからな。それにわれらもどこか相手のことを意識し過ぎて、それまでのように気軽に声がかけられなくなっていた」

「だから、旦那は真っ正直なんでさ。八丁堀だろうがお屋敷町だろうが、隠れて

お会いになる手はいくらもございますよ」

「それができればな」

と一郎太がまた顎を撫でた。

「互いに気になさってたはずだとわっしは睨んでますがね。あんまりなんの反応もねえ旦那に愛想をつかされた菊乃様は、麴町《こうじまち》の旗本豊織省太郎《とよおりしょうたろう》様の嫁になられて八丁堀を出られましたんで。それが、かれこれ三年前のことでしたか」

「竹蔵、二年と十月《とつき》じゃ」

磐音は一郎太の顔をまじまじと見た。

一郎太は磐音らの前で、そのような失意の様子など微塵《みじん》も見せることはなかった。だが、胸の奥に哀しみを秘め続けていたのだ。

「菊乃どのがどうかなされたか」

「へえ。豊織家を離縁なされて八丁堀に戻ってこられたんで」

「離縁とはまた」

「仔細は知りません」

と一郎太が答えた。

「匂い袋は菊乃どのからの贈り物なのですね」

「いかにもさようです」

と今度は一郎太が満足げに答えた。

「ですが、相手は与力の娘御に変わりはございません。八丁堀という狭い土地に南北町奉行所の与力同心が集う一帯、二百俵取りの与力と三十俵二人扶持の同心では厳しい壁がありましてね」

「木下どの、菊乃どのにお会いになりましたか」

「瀬上家の小者がうちの東吉と親しく、菊乃様から、お役目ご苦労にございますという言葉とともに匂い袋を頂戴いたしました」

「佐々木様、じれったいったらありゃしねえんですよ。三軒隣にお戻りなんだ、なんぞ用事に託《かこつ》けて会いに行かれればいいものを」

「それができればな」

「そこがまた木下どののよいところにござる」

「それも限度がございますよ」

竹蔵は言ったが、そのことが一郎太に望みを抱かせ、なんとなく顔の表情を変えさせていたか、と磐音は得心した。

「まあ、どうなる話でもありません」

と一郎太がこの話題に蓋《ふた》をするように答えていた。

狭い庭から儚げな虫の声がし始めた。

「親分、虫の鳴き声を邪魔して悪いが、庭をお借りしてよいか」

「へえ、こんなちっぽけな庭でよければどうぞ」

磐音は古びた草履《ぞうり》を履くと、近江大掾藤原忠広を手に庭に下りた。

「初めてお見受けする差料ですね」

一郎太が訊いた。

「包平を鵜飼百助様のところに研ぎに出したので、養父が使い慣れてみよと、先祖伝来のこの一剣をお貸しくだされたのです」

「われら、町方同心の差料など親譲りの代々ものです。それも腰の飾りで、かたちばかりです。剣術家の佐々木さんにとっては大事なお道具、一剣というわけにはいかないでしょう」

「腰に差すのは大小一揃《ひとそろ》いです、それ以上は、贅沢《ぜいたく》と申せば贅沢です。養父はいかなる事態にも備えよと、包平より二寸二分短い忠広をお貸しくだされたのでしょう」

「たかが二寸二分されど二寸二分、この差が生死を分かつやもしれません」

と一郎太が言い、磐音が頷くと腰に忠広を差した。

「そうだ、旦那。あのことを佐々木様にお伝えしなくてよろしいので」

竹蔵の言葉に一郎太が慌てて言い出した。

「おお、そうだ。熊谷宿から竜神の平造に加わり佐渡行き一行から抜けた中に、侍がいると言いましたね。話が変だとは思っていましたが、仕掛けがありました。こやつ、捕縛されたときは侍の形《なり》をしておりましたが、元々はさる大名家の中間頭でしてね。根っからの剣術好き、膂力《りょりょく》もあり敏捷なところを買われて藩道場で剣術の稽古を許されていたのだそうです。三、四年もすると、藩士の中でも三指だか五指に入る腕前になったようです。事実、藩道場で教えられる直心影流の目録を授けられるに等しい技量とか。ところが中間身分ゆえ、いくら努力しても目録を授けられることはない。そんなところに嫌気が差したか、あるいは天狗《てんぐ》になって咎《とが》められたかして、藩屋敷を出たそうです。こやつ、中間の折りの名は正吉《しょうきち》ですが、お屋敷を出たあと水戸小次郎厚胤《みとこじろうあつたね》とえらそうな名を名乗り、武家を騙《かた》っておりました。さる大名家というのが水戸様の上屋敷近くにあったので、武士らしい名を考えるとき、水戸の名を名乗ったようなので」

「その者が竜神の平造一味に加わったのですね」

「どうやらそのようです」

と一郎太の話は終わった。

「肝に銘じておきます」

と答えた磬音は、再び虫が鳴き始めた庭で静かに呼吸を整えた。

そのとき、磬音の想念にあったのは、

「二寸二分」

の見切りだ。

息を吸い、一拍の停止の後、静かに吐き出した。その動作を繰り返した。

雑念が消え、無念無想の境地に立っていた。

もはやそこが地蔵蕎麦の狭い裏庭という考えも消えていた。ただ意識下に、

「二寸二分」

の差があった。

一郎太は見ていた。

磬音の呼吸が裏庭の空気に同化して気配を消したことを。

「はっ」

という無音の気合いが発せられ、磬音が踏み込んだ。そして、腰間から藤原忠

広が一条の光になって抜き打たれると、光が宵闇を鋭くも切り裂き、手元に引き寄せられ、鞘に納められた。

一連の流れはどこにも遅滞なく弛緩《しかん》が感じられなかった。

磬音は呼吸を整えると抜き打ちを繰り返した。その動作が何十回と繰り返された。

一郎太は、虫の声が途絶えることなく響いているのを不思議に思っていた。虫までもが、磬音の行動に敵意がないことを察しているのか。

磬音の抜き打ちは四半刻（三十分）、半刻、一刻（二時間）と、休むことなく続けられた。

一郎太は磬音の何百回と繰り返される体の動きと忠広の抜き打たれる軌跡が、寸毫《すんごう》の変わりもないことに驚嘆していた。

磬音は二寸二分を体に覚え込ませようとしていた。そのために同じ動作を繰り返していたのだ。

「親分！」

と言う声に、地蔵蕎麦の裏庭の独り稽古は終わった。

汗みどろで飛び込んできたのは手下の一人だ。

「竜神の平造を見かけたという野郎に出くわしましたぜ」

磐音は剣を鞘に納めると手拭いで顔の汗を拭い、居間に上がった。

すでに手下は一郎太と竹蔵の前に畏まり、それぞれの顔に高揚と緊張があった。

「平造を見かけたというのは、賭場仲間で半目《はんめ》の五助《ごすけ》ってちんけな野郎なんで。こいつが鉄砲洲《てっぽうず》で佃島《つくだじま》行きの渡しを待っているとき、鉄砲洲河岸の船問屋から、形《なり》を商家の旦那風に変えた平造が出てくるのを見たってんで」

「鉄砲洲の船問屋だと」

「へえ。そのことを五助から聞いて鉄砲洲河岸に飛んで調べてきました。確かに今日の昼下がり、上方に行く船を探している商人《あきんど》が、船問屋相模屋《さがみや》に姿を見せてるんですよ。讃岐《さぬき》だかに藍《あい》を買い付けに行く熊谷宿の商人上州屋平蔵《じょうしゅうやへいぞう》と名乗ったそうで。竜神の平造と年格好も顔付きも似ておりやす。まず間違いなかろうと思いやす」

「平造が相模屋に面《つら》を見せた理由はなんだ」

竹蔵が訊く。

「へえ、一人頭五両、六人三十両で船に乗せてくれとの頼みだそうで」

「高飛びの足か」

頷いた手下が、

「船問屋は、話が怪しいてんで断ったというんですがね。五両に目が眩《くら》む船頭がいても不思議じゃございませんぜ」

と言い切った。

「なかなか本所界隈に面を見せないと思ってたが、ようやく野郎の影を踏みましたね、木下様」

「平造め、今晩か明日にも隠し金を取り戻して上方に船で逃げる気だな」

「間違いございませんや」

よし、と言った一郎太が手下に、

「ご苦労だが、笹塚様にこのことを伝えてくれぬか」

と手配りした。

「われらは黒川藩の下屋敷に向かいますか」

と磐音が一郎太に問うた。

「佐々木様、腹拵《はらごしら》えが先です。握り飯が用意してございます」

と竹蔵が、おせんが拵えたじゃこの炊き込みご飯の握り飯を差した。かたわらには大根と茄子《なす》の古漬けが添えてあった。

「これは美味そうな」

　と答えた磐音は、

「木下どのも未だ食しておられぬか」

「佐々木さんの稽古に見惚《みと》れているうちに、つい食いそびれました」

　と苦笑いした。

「それは相すまぬ」

「腹が減っては戦もできねえや。佐々木様は一刻も稽古をなさったんだ。さぞ腹も減ったでしょう」

　と竹蔵が浅蜊汁を盆に載せてきた。

　磐音は供された夕餉に向かって合掌すると、

「頂戴します」

　とじゃこ飯の握りを一つ頰張り、

「味が染みて、なんとも美味しいぞ」

　と呟き、いつものように食に浸りきった。

　四半刻後、地蔵蕎麦の前から、苦船に偽装した御用船に乗り込んだ。

磐音は竹蔵の家にあった木刀を携え、一郎太は捕り物用の長十手を摑んでいた。

「よし、黒川藩の下屋敷だ」

と一郎太の命で苫船が横川を南に向かい、長崎橋下の暗渠《あんきょ》を潜って南割下水に出た。俗に南割下水、北割下水というが、横川を挟んで西と東に分かれていた。

越後黒川藩柳沢家下屋敷は東側、亀戸村と柳島村に挟まれるようにあった。だからこそ、竜神の平造らが目をつけて賭場を開いていたのだ。

小名の下屋敷、中屋敷が連なる一角に黒川藩の下屋敷はあった。敷地はおよそ二千七百余坪だ。

「この界隈、錦糸堀と呼ばれる湿地でして、柳沢様の屋敷にも名残の瓢簞《ひょうたん》池があるそうです」

と竹蔵が磐音に告げた。

苫船が柳沢家下屋敷を過ぎた辺りに止められると、見張りに就いていた竹蔵の手下の音次《おとじ》が姿を見せて、するりと苫船に乗り込んできた。

刻限は五つ半（午後九時）に近く、人の往来は絶えて、辺りは漆黒の闇《やみ》だった。

「音次、どんな具合だ」

「賭場が開かれてまして、人の出入りがありやす」

「竜神の平造が姿を見せるにはかっこうの晩だな」

と一郎太が言い、いつものように退屈を堪《こら》える見張りが続いた。

四つ（午後十時）を大きく回った頃合い、猪牙舟が南割下水の西側から接近してきた。

一郎太らは緊張したが、猪牙舟は柳沢屋敷を通り越して、磐音が潜む苫船に横付けして止まった。

「ご出馬ご苦労にございます」

一郎太が笹塚孫一の出張りに対して言葉をかけた。

「まだ動きはないようじゃな」

「賭場が開かれております。竜神の平造が姿を見せるとしたら、未明かと存じます」

賭場がだれるのは夜明け前だ。

「おお、佐々木どの、ご出陣か。ご苦労にござるな」

と言いながら苫船に乗り込んできた笹塚孫一が、

「おこんさんにはそれがしからも重々詫びておくでな」

と磐音の機嫌を取るように言った。

「一郎太、なんだ、佐々木どのに酒も供しておらぬのか」

「笹塚様、御用の最中です」

「それもそうだが」

と言いながら、笹塚が苫船の真ん中にどっかと大頭の小柄な体を落ち着けると、

「煙草くらいはよかろう」

と自らに言い聞かせるように煙草入れを腰から抜いた。

三

夜半九つ（十二時）を半刻ほど過ぎた頃合いか、黒川藩柳沢家下屋敷の脇戸《わきど》がひっそりと開けられ、三人の人影が南割下水の河岸道に現れた。

三人は長細いなにかを肩に担いでいる。

「ありゃ、簀《す》巻《ま》きにされた人間ですぜ」

竹蔵が苫船の隙間《すきま》から覗いて呟いた。

苫船では息を殺してその行動を眺めていた。

南割下水の岸辺に下りた三人の人影は無言のうちに簀巻きを小舟に積み込み、

苫船のほうにやってきた。

磐音らは苫船の中で姿勢を低くして小舟をやり過ごした。

「木下の旦那、わっしが尾《つ》けてみます」

と地蔵の親分が笹塚孫一の乗ってきた猪牙舟に飛び乗ると、磐音のかたわらから手下の音次が竹蔵に従った。

猪牙舟は簀巻きを乗せた小舟とは一丁ばかり離れて追跡していき、柳沢屋敷の前から消えた。

南割下水をさらに東に向かうと、六丁ばかりで南十間川にぶつかった。

「賭場で揉め事があったかのう」

苫船の中で笹塚が呟いたがだれも答えない。

息苦しいような時が流れ、再び小舟が櫓の音を響かせて戻ってきた。

だが、竹蔵と音次はなかなか戻って来なかった。

「竹蔵が抜かるはずはないが」

一郎太の案ずる声がしたとき、忍びやかな櫓の音がして、苫船に猪牙舟が静かに横付けされた。

猪牙舟から苫船に飛び込んできたのは竹蔵で、

「笹塚様、木下様。竜神の平造を鉄砲洲河岸で見かけたという半目の五助の野郎が、心臓に匕首《あいくち》を突き立てられて北十間川に投げ込まれておりましたぜ」

「半目の五助とは何者じゃ」

　と笹塚が問い、一郎太が、

「竜神の姿を見たという五助が、あの屋敷から簀巻き姿で運び出されたとはどういうことか」

　と竹蔵に迫った。

「へえっ、五助め、うちの手下に鉄砲洲のことを喋《しゃべ》っただけで止めておけばよかったものを、竜神の平造から小遣い銭でもせびりとろうてんで、柳沢様の賭場に昼間から潜り込んでいたのではございませんかえ」

「となると、心臓に匕首を突き立てたのは竜神の平造か」

「竜神めらは、すでに柳沢様の下屋敷に忍び込んでるってことですぜ。心臓に匕首を突き立てたまんま北十間川に放り込ませるなんざ、やつにしかできねえ芸当でございますよ」

「先を越されていたか」

　と一郎太が悔しがった。

「一郎太、あやつらは未だ、賭場が開かれておる柳沢家におるというのだな」

と笹塚孫一がようやく事情を呑み込み、訊いた。

「どうやらそのようでございます」

一同は折りから雲間を割って姿を見せた蒼《あお》い月明かりで、猪牙舟の舟底に転がされた簀巻きの五助を見た。

簀巻きの縄を切ったのは竹蔵か。

恐怖に怯えた顔に乱れ髪がへばりつき、縞模様の単衣《ひとえ》の胸に深々と匕首が突き立てられているのを浮かび上がらせた。

「一郎太、柳沢家に踏み込むぞ」

「下屋敷とは申せ、大名家にございます」

むろん町方の管轄外で、その力ではどうにもならない。所管は大目付《おおめつけ》である以上、町奉行を通して大目付に上申せねば探索などできない。だがそれでは、竜神の平造らをみすみす取り逃がすことになるやもしれなかった。

「忍んでおる竜神の平造はじめ、一味をなんとしても捕縛いたすぞ。いかに柳沢家といえども、賭場を常習的に開いている上に佐渡行きの一行から逃げ出した竜神一味が潜んでいたとなれば、権限外の町奉行所が云々《うんぬん》と公儀に訴え出ることはいたすまい」

と笹塚孫一が肚《はら》を括ったように言い切り、それでも、

「そうではないか、佐々木の若先生」

と磐音に同意を求めた。

「笹塚様、南町奉行所を名乗っての捕り物は、いささか差し障りを残しましょう。ここは数人で密やかに忍び込み、竜神の平造を門外に連れ出してお縄を掛けるのが宜しかろうと思います」

「そうか、やはりそうであろうな。で、たれが決死の覚悟で屋敷内に入るな」

という笹塚の言葉に、一郎太が前帯に挟んだ十手を黙って抜くと苫船に残した。

「わっしもお供いたします」

と竹蔵が一郎太にならい、手下二人が短十手を親分の十手のかたわらに置いた。

「それがしはどうする」

「笹塚様は表門でお待ちください」

磐音は言うと、用意していた木刀を摑み、苫船から土手に飛び上がった。

一郎太らも続いて船を離れ、土手から道に這い上がった。

一郎太は道に這い上がったところで着流しの裾を後ろ帯にたくし込み、刀の下

げ緒を外すと襷《たすき》にかけた。

親譲りの代々一剣と自ら称した刀を遣う気だ。

竹蔵と手下は六尺棒を携えていた。

磐音は一郎太や竹蔵、そして二人の若い手下を見回すと、

「機先を制すれば、多勢であっても大したことはない。頭分をまず押さえることだ」

「畏まって候《そうろう》」

一郎太が緊張の籠った声で磐音に答え、刀の鯉口《こいぐち》を切った。

「それがしが先に参る」

五人はすたすたと越後黒川藩柳沢家下屋敷の脇戸に近付いた。最前、簀巻きにされた半目の五助が運び出された戸だ。

磐音が飛び込む体勢を取ると、竹蔵がいかにも出入りに慣れた人間というふうに、こつこつと拳で戸を叩いた。

「この刻限、だれでえ」

と声がして、ぎいっと脇戸が開かれた。

その瞬間、磐音が背を丸めて飛び込み、木刀の柄頭を門番の鳩尾《みぞおち》に突っ込んだ。

さらに立ち竦む同僚にも柄頭が打ち込まれ

「あっ」

と叫ぶ間もなく二人の門番が気を失って脇戸の内側に転がった。

磐音が風体を確かめると柳沢家のお仕着せを着た中間だった。

(痛い思いをさせることもなかったか)

磐音は反省の思いに駆られながら、

「お入りくだされ」

と一郎太らに声をかけた。

敷地の真ん中に瓢箪池があるという柳沢家下屋敷は、苫船の中よりひんやりとしていた。一万石の小名とはいえ下屋敷の敷地は二千七百余坪あり、庭木が鬱蒼《うっそう》と茂っていた。

「はてどこに行ったものか」

「佐々木様、わっしが餓鬼《がき》の頃、野分《のわき》のせいでこの界隈の家やら塀が倒れましてね、その折り、この屋敷にも潜り込んだ記憶がございます。およそのことは見当がつきます。賭場は中間部屋でしょうな」

と竹蔵が言い出した。

「竹蔵、もはや竜神の平造らに賭場で遊んでおる余裕はあるまい」

「となると、どこにいやがるか」

と一郎太と竹蔵が言い合った。

磐音は気を失わせた中間の一人に活を入れ、意識を取り戻させた。

きょろきょろと視線をさ迷わせた老中間が磐音の顔に目を留め、驚きの声を上げようとした。その口を磐音が素早く手で押さえ、

「大人しくしておれば危害は加えぬ。一つだけ教えてくれぬか」

磐音の諭すような声音に中間がようやく落ち着いたか、頷いた。

「竜神の平造を頭《かしら》にした一味がこの屋敷に忍び込んでおることは分かっておる。柳沢家には迷惑をかけぬようにいたすで、どこにおるか教えてはくれぬか」

首肯した中間が、

「土蔵に潜んでおります」

と言った。

「土蔵はどちらか」

「案内《あない》しますか」

中間の言葉には、屋敷で賭場が開かれ、不逞の輩が出入りをすることを快く思

れぬ様子があった

「助かる」

「こちらに」

老中間は鬱蒼とした樹木が生えた庭へと磐音らを案内した。

月明かりが庭木の枝の間から射し込み、一行の歩みを助けてくれた。

突然、月を映した池が見えた。

「瓢箪池だ」

竹蔵が呟いた。

「あいつらが潜んでいるのは池の向こう側ですよ」

と老中間は瓢箪池の東から南側に回り込んだ。するとそこに一棟だけぽつんと土蔵があり、灯りが零れていた。

不意に押し殺した声が響いた。

「竜神の。たった三十両ぽっちが預かり代かえ。ちいとばかりけち臭くないか」

「米三さんや、この金子はおれたち一味が命を張って稼ぎ溜めてきたもんだぜ。そのうちから三十両を黙って出そうっていうんだ。ただ、おれたちを蔵の中に匿《かくま》ったお代にしては釣りがくらあ」

と乾いた声が応じた。

「冗談を言うねえ。おれが恐れながらと訴えりゃあ、今度ばかりは佐渡で水替え人足になるだけじゃすまないぜ」

「米三、おれに脅しは通じねえぜ」

人と人がぶつかり合う気配がして、

「げえっ」

という絶叫が蔵から響いた。

「江戸の名残に米三を血祭りに上げたところで、さて頃合いだ。海辺新田《うみべしんでん》に走り、一気に上方に高飛びするぜ」

と乾いた声が告げた。

磐音が蔵の戸口に立ったのはその時だ。続いて一郎太と竹蔵親分と手下が蔵の前に立ち塞がった。

苦み走った不敵な面構えの男がじろりと磐音らを睨んだ。

羽織の下の縞模様を尻端《しりはし》折りにして股引《ももひき》を穿《は》き、手甲脚絆《てっこうきゃはん》の旅仕度だ。歳の頃は三十七、八か。その後ろに八、九人の手下がいた。どうやら手下の数が増えた模様だ。

「なんの月た」

「南町奉行所同心木下一郎太どのの助っ人でな、そなたらを奉行所に引き渡す約《やく》定《じょう》だ」

「ぬかせ」

と落ち着き払った声が吐き捨て、

「水戸先生」

と用心棒を呼んだ。すると六尺四、五寸はあろうかという巨漢がのそりと、一味を掻き分けて磐音の前に立った。刃渡り三尺はありそうな長剣を背に斜めに負っている。

「そなたじゃな、中間から侍に鞍替えした御仁は」

「水戸小次郎厚胤を偽侍と申すか」

「そうは申しておらぬ」

「そのほう、何者だ」

と水戸小次郎が叫んだ。

「神保小路直心影流尚武館道場の佐々木磐音と申す」

「なにっ、尚武館の佐々木だと。玲圓の倅《せがれ》か」

「ほう、そなた、養父の名を承知か」

と応じた磐音は蔵前から数歩後退した。

水戸小次郎を外へと誘《おび》き出すためだ。

水戸が素直に磐音の誘いに乗った。

磐音は、土蔵の戸口では背に負った長剣が使えまいと後退したのだ。

「相手にとって不足はない」

と叫んだ水戸が、背の長剣に片手を回して難なく抜いた。薙刀を鍛《う》ち変えたような大きな反りの豪剣だった。長尺にして身幅のある豪剣を遣いこなすとしたらなかなかの膂力の持ち主だ。巨漢でありながら身のこなしも俊敏で、子供の頃から剣術好きだったということが窺えた。

難敵だった。

「佐々木磐音、尋常の勝負をいたせ。剣を抜け」

と水戸小次郎厚胤が磐音に迫った。

「お望みならば」

磐音は木刀を置くと、近江大掾藤原忠広二尺四寸八分を抜いた。

水戸小次郎が豪剣を大上段に振り被った。

磐音に正眼に置いた

背丈で五寸ほど大きく、体重七、八貫は差がありそうだ。そして構え合う刀の刃《やいば》では五寸以上の違いがあった。

水戸小次郎は、はあっ、すう、と大きな呼吸を繰り返しながら、爛々と光る眼で睨んでいた。

磐音のほうは春先の縁側で年寄り猫が日向《ひなた》ぼっこでもしている風情《ふぜい》、その場にあるやなしやのひっそりした気配で正眼の構えを崩そうとはしなかった。

間合いは一間とない。

水戸小次郎の、吐いて吸う呼吸が段々と静まり、気配を消した。

その瞬間、巨体が俊敏に動いて大上段の豪剣が円弧を描いた。

磐音も踏み込んでいた。

「二寸二分」

の見切りを想念に置きつつ、相手の豪剣のもとに大胆にも身を滑り込ませると、正眼の藤原忠広が脇構えに変転し、水戸小次郎の胴を薙いでいた。

同時に水戸の豪剣が磐音の肩の向こうに落ちていった。

「うっ」

という水戸小次郎の呻き声とともに巨体が横手に吹き飛んで転がった。

「ああっ！」

という悲鳴が竜神の平造から洩れた。

「野郎ども、一気に切り破って海辺新田まで突っ走るぞ」

と道中差を抜き放った平造に一郎太が襲いかかり、竹蔵らも蔵の戸口前に踏ん張って、中から出ようとする一味と乱闘激戦になった。

磐音は一旦置いた木刀を手にすると乱戦の輪に飛び込み、手当たり次第に竜神一味を打ち据えていった。

笹塚孫一らはいらいらしながら、越後黒川藩柳沢家下屋敷前で待機していた。

南割下水の東が明るんできた。

微光が堀の水面をわずかに浮かび上がらせ、水面から靄《もや》が立つのも見えるようになった。

そのとき、ぎいっと脇戸が開き、数珠繋ぎになった竜神の平造一味がぞろぞろと姿を見せたが、その縄尻を竹蔵親分が得意げに握っていた。

「大捕物は屋敷内で終わったか」

「佐々木様が楔先を揃せられましたので一気に片付きました」

と竹蔵が報告し、

「このわしの、笹塚孫一の出番がないではないか」

と大頭に陣笠を被った年番方与力が不満を洩らした。

最後に磐音と一郎太が脇戸から出てきて一郎太が、

「笹塚様のお出張りのわけは、この包みではございませんか」

と帆布で作られた袋を重そうに胸前に掲げてみせた。

磐音の手にも同じような袋があった。

「なに、こやつらが溜め込んだ金子か。どれほどあるな、一郎太」

と猫なで声が問うた。

「袋一つに四、五百両は入っておりましょう」

「ほうほう」

と笹塚孫一が満足げな笑い声を上げて、

「あとは柳沢家の後始末か。賭場はどうなっておる」

「笹塚様、そこまでは手が回りませぬ」

「佐々木どのがおっても、そちらの始末までは無理か。となるとお奉行が大目付に掛け合われるか。いや、それでは柳沢家の立場がなくなるな。この際、お奉行に城中で柳沢様に会うてもらい、賭場の一件を耳打ちしていただこう。それが柳沢家にとってもお奉行にとってもよかろうからな」

と自問自答してこの夜の騒ぎは落着した。

磐音が尚武館の離れ屋に戻ってきたとき、五つ（午前八時）の刻限に近かった。

おこんが磐音を迎え、

「お疲れさまにございました」

と声をかけると、

「終わった」

と疲労の色を顔に滲ませた磐音が答え、おこんに差料を渡した。

そのとき、おこんは藤原忠広に血の臭《にお》いを嗅いだと思った。

「道場に参る」

「稽古着は仕度してございます」

頷いた磐音は、稽古着に着替えると早々に道場へ向かった。

おこんは磐音が脱ぎ捨てた外着を畳みながら、

「太の刺みを敢然と断る磐音」

を想像してみた。

（きっと駄目だろうな）

と思いながら、おこんは、

（そんな磐音様と生涯を共に歩いていこう）

と覚悟を新たにしていた。

四

若手定期戦は、第一回と第二回の勝者に取りこぼしや心身に不調があったことで、混戦模様となっていた。

総当たり戦も後半に入り、三敗が四人並んでさらに四敗が二人いた。

三敗組は曽我慶一郎、村井《むらい》兵衛《ひょうえ》、田丸輝信、それに伏兵は十九歳の広瀬淳一郎だ。

淳一郎は丹波亀山藩の松平家の家臣で、幼少の頃から剣術家の伯父《おじ》広瀬伯堂《はくどう》に小野派一刀流を厳しく教え込まれてきた若武者だ。八か月ほど前、江戸勤番を命じられて藩邸入りし、すぐに尚武館に入門していた。

淳一郎は伯父から型稽古を厳しく叩き込まれてきたせいで、大勢の門弟と代わる代わる行う打ち込み稽古に慣れていなかった。ために入門当初は尚武館初心の者に先手を取られることが多かった。

だが磐音は、身丈五尺六寸余ながら鍛え上げられた足腰としっかりした動きに入門当初から注目し、二十六人の一人に加えていた。

打ち込み稽古のコツにも慣れたか、眠れる若獅子《わかじし》がゆっくりと実力を発揮し始めていた。

この朝、淳一郎は霧子と戦い、長い試合の末に、多彩な技を持つ霧子を正面攻撃でねじ伏せていた。

その結果は霧子も予想外のことだったようだ。面を決められた瞬間、霧子が、

はっ

と驚きの表情を見せた。だが、一方の淳一郎の顔は平静を保っていた。

この朝の試合が終わった後、磐音は、

「広瀬淳一郎どの、尚武館の雰囲気に慣れられたようじゃな」

と声をかけた。すると淳一郎が、はっ、と答え、思わず顔を紅潮させた。

「霧子の息も吐かせぬ攻めにようも耐えられた。伯父上との教えが見事に生きておられる。感服いたした」

「若先生、迷いに迷うてここまで参りました。このままで宜しいのでございましょうか」

磐音の賞賛に淳一郎が問うたものだ。

「これから広瀬伯堂先生の教えがじわじわと生きてこよう。当座の勝ち負けは気にせずともよい。五体に染み込んだ感覚のとおりに動かれよ」

「有難きお言葉、淳一郎、励みになります」

と高揚した顔で井戸端に飛んでいった。

元師範の依田鐘四郎が、

「若先生が広瀬淳一郎の名を二十六人の中に上げられたとき、それがし、正直に申し上げてまだ早いと思いました。しかし、若先生が見抜かれたとおりに力を見せ始めましたな」

「なにより基本の技とかたちがしっかりとできています。どのような場面になろうと、かたちを持った者は崩れぬし強うござる」

「霧子の多彩な攻めを悉く弾き返して、粘り強く機会を窺《うかご》うておりましたぞ。他の者もうかできませんな」

「ただ今のところ勝敗に拘ることもありますまい」

「新たな勝者が生まれましょうか」

「当分混戦が続きましょう」

と磐音が応じた。すると広い尚武館に二人しか残っていないことを確かめた鐘四郎が、

「若先生、なんぞそれがしにご用命がございましょうか」

と話柄を変えて訊いてきた。

依田鐘四郎は西の丸の納戸《なんど》方《がた》から家基の御番衆、いわば警護担当に移されたところだ。

「昨日、西の丸に参られた桂川甫周先生を玄関先までお見送りいたしました。その折り、近々ご苦労をかけることになります、とそれがしに耳打ちなさいました」

　磐音は家基の宮戸川に行く日が決まったなと思った。

「師範、家基様の江戸見物を密やかに敢行いたします。その折り、師範にも影警護を願うことになります」

「この一件、なんとしても田沼様一派に悟られてはなりません」

鐘四郎が重々しく頷いた。

「承知いたしました」

おこんが尚武館の戸口に姿を見せた。

「養父上がお呼びにございます」

「ただ今参る」

磐音はその朝、見所《けんぞ》に速水左近とともに見知らぬ武家がいることを承知していた。初めての顔だが、尚武館にはさほど珍しいことではない。

「おこん、着替えたほうがよいか」

磐音はおこんに尋ねていた。

「離れ屋に着替えを用意してございます」

「ならば井戸端で汗を流して参ろう」

磐音は客が待つ母屋の湯殿を避け、若い門弟たちが集う井戸端に向かった。すると利次郎が霧子と親しげに話し込んでいた。

「若先生、こちらに参られましたか」

と利次郎が磐音に気付いて声をかけ、遼次郎が磐音のために新しい水を桶に汲んでくれた。

「かたじけない、遼次郎どの」

と自分の代わりに坂崎家の跡継ぎとなる遼次郎に礼を述べた。

霧子が磐音に笑顔を向け、遼次郎が言った。

「利次郎どのが、霧子さんと広瀬どのの壮絶な試合の解説をなさっておられたのです」

「で、当の霧子は得心したのか」

と磐音が一同に笑いかけた。

「あれこれ利次郎さんの解説を聞いているうちに、頭が混乱して参りました。広瀬様との勝負、単なる私の力負け、根負けにございます」

「それでよい」

という磐音の答えを聞いた田丸輝信が、ほれみよ、とわが意を得たりとばかりに頷き、

「利次郎の奴、こたびは勝ち上がれぬゆえ、われらを混乱させんとあれこれ言辞を弄《ろう》しておるのだ。よいか、ご一統、でぶ軍鶏の申すことなど無視いたせ、聞かぬが勝つご

と笑った。

「なんだ、田丸。そなた、えらくそれがしを軽んじるではないか。それがしも松平辰平のように武者修行に出るとするかな」

「出よ出よ。尚武館がいっそう静かになるわ」

磐音は若い門弟たちの他愛ない話を聞きながら、諸肌を脱いで昨夜来の汗を拭い清めた。するとそこにおこんが浴衣《ゆかた》を持って姿を見せた。

「磐音様、これを羽織って離れ屋まで行かれませ」

磐音の背に浴衣が掛けられ、その場で磐音は稽古着を脱ぎ捨てた。

「稽古着は水を通しておきます」

「頼もう」

磐音はおこんを井戸端に残して先に離れ屋に戻った。来客をあまり待たせてもならぬと思ったからだ。乱れ箱に用意されていた縞地の小袖と袴を身に付け、脇《わき》差《ざし》だけを差して母屋へ向かった。

「養父上、お呼びにございますか」

廊下に座した磐音が座敷に声をかけると、

「稽古は終わったか。入れ」

と上機嫌の玲圓の声がした。

「ご免くだされ」

磐音が座敷に膝行《しっこう》すると、先ほど見所にいた武家が磐音を見て、

「佐々木磐音どの、こたびはえろう苦労をかけ申した」

といきなり笑みを浮かべた顔で言った。

磐音がどう答えてよいか迷っていると、速水が、

「磐音どの、御奏者番《ごそうじゃばん》秋元永朝様にござる」

と仲介の労を取った。頷いた磐音は、

「佐々木磐音にございます」

と短く応じた。

「そなたがわが城下に下向くだされたで、騒ぎも大事に至らず済み申した。永朝、このとおり礼を申します」

と頭を下げようとした。

「秋元様、お待ちくださりませ。それがし、山形城下に旧知の者を訪ねたのでございます。それ以上のことは」

「見ざる言わざる聞かざる、と言われるか」

「恐れ入ります」

「永朝様、それでようございますな」

と速水が山形藩の藩主に念を押した。

「速水どの、かたじけのうござる」

御側御用取次速水左近の執り成しに、秋元永朝の顔にどことなく安堵の表情が窺えた。

「磐音どの、今朝戻ったとか。うちの娘を泣かすでないぞ」

速水が話題を転じるために冗談を言った。そのとき、廊下に人の気配がして、

「お父上、こんは佐々木家に入ってこのかた、泣いたことなどございませぬ」

おこんの声が響き、おえいと二人で膳を運んできた。

「秋元様、尚武館に見物にお越しいただいたお方には、粗餐《そさん》を差し上げる慣わしにございます。話の種に茶粥《ちゃがゆ》など食して行かれませぬか」

と玲圓が永朝に勧めた。

「なんと、尚武館の朝稽古を見物した上、朝餉を頂戴できるのでござるか。是非馳走になりたいものじゃ」

「御奏者番は、殿中における礼式を司る重職、気をお遣いにございましょう。う

ちは至って武骨な家風にござれば、わいわいがやがやと茶粥を楽しんでくださ
れ」

磐音の分を含め、膳が供された。

母屋ではこのように軽い朝餉が多い。普段贅沢に慣れた客にとって尚武館の、

「茶粥、梅干し、香の物、胡麻塩」

は珍しいらしく、お代わりする者もいた。永朝も、

「これは美味かな」

と質素な膳を喜んで食してくれた。

「磐音どの、最前の冗談はさておき、昨夜は南町の手伝いにござるか」

新しい茶が供されたとき、速水が磐音に訊いた。

「幕府ではこの七月初めに、佐渡の金銀山に水替え人足として無宿者を送り込まれたとか」

「勘定方と江戸町奉行が佐渡奉行の要請に応じたものだが、なにかござったかな」

「佐渡行きの一行が熊谷宿に差しかかった折り、密かに抜けた無宿者がおりまして江戸に舞い戻ったのです。お聞き及びではございませんか」

「なに、そのようなことが起こっておったか」

磐音は、越後黒川藩柳沢家の名を出すことなく、差し障りがないところで竜神の平造一味の顚末を語り聞かせた。

「磐音どのの朝帰りの理由《わけ》がそれでは、おこんも文句の付けようがないのう」

と速水がおこんに言い、

「佐渡へ無宿者を送り込むことは、これまでも密やかにないではなかった。だが、佐渡の金銀山の労役は年々厳しゅうなってな、島人だけでは用をなさぬようになり、こたびのように無宿者の頭数を揃えて送り込んだ、その第一陣であったのじゃ」

と答えた速水が、

「その無宿者、江戸に隠し金を持っておったというか」

「さる屋敷の土蔵から九百数十両もの大金が見つかりました」

「その金子、博奕などで得た金かな」

「あるいは盗んだ金子も加わっておるやもしれませぬ。これまで届けがなかったところを見ると、どこから得た金子か判然といたしますまい」

「となれば勘定方の金蔵に繰り込まれるな、また南町の年番方与力もほくそ笑んでいよう。磐音どのが汗をかいた甲斐《かい》があったというものじゃ」

速水左近は、南町奉行所の知恵者与力がそのうちの何割かを奉行所の探索費用に充《あ》てていることを承知していた。

「磐音どの、ご苦労でしたな」

という言葉をきっかけに永朝が、

「佐々木玲圓どの、磐音どの、これを機に昵懇《じっこん》の付き合いを願いたい」

との挨拶を残して尚武館を去ることになった。

玄関先まで速水と磐音が見送った。

式台前に秋元家の家紋入りの乗り物が横付けされて、永朝が上機嫌で乗り込み、

「時に寄せてもらいますぞ」

の声を残すと一行は、白山が番をする門を出て神保小路へと去った。

「磐音どの、そなたの決断が永朝どのと山形藩を救うたのは確か。永朝どのは今朝緊張してこちらに参られたのじゃ。大名家、幕閣に睨まれては、いかに奏者番とてにっちもさっちもいかぬでな」

「速水様、それがし、奈緒どのの身を案じて山形に参っただけにございます」

「そなたばかりがただ動きで、娘のおこんに叱られるわ」

と速水が笑い、

「もう一件、千住掃部宿の騒ぎがあったな」

と言い出した。

常陸麻生藩一万石新庄家の跡目騒動だ。

「余計なこととは思うたが、別家の新庄直照どのを御用部屋に呼び、幕閣は各大名家の家督争いを好まず、用心棒侍の力に頼るなど大名家にあるまじき所業、自重なされよ、ときつく戒め申した」

「得心していただけましたか」

「この話、そなたの前で騒ぎを起こしたときに決着しておる。ともあれ、麻生藩家臣一同は、藩主直規様の嫡男誕生の知らせを首を長うして待つしか手はないのじゃ」

速水は、お家騒動の芽を事前に摘んだことを磐音に知らせた。

磐音はただ頷いた。

偶然にも磐音らが千住掃部宿で目にした光景は、磐音から弥助を経て速水の耳に達し、始末されたのだ。

磐音はただ、雨煙の中で必死に使いを全うしようとした一家臣、大村源四郎の悲壮な形相を思い浮かべていた。

　この朝の速水は、磐音に告げるべきあれこれを抱えていた。

「西の丸様の一件じゃが、桂川先生から聞かれたか」

「依田鐘四郎どのが、西の丸にて桂川先生に会われたそうにございます。その折りの言辞より類推しますに、日程が決まったかと」

「本日より四日後」

　と速水が短く答え、

「この一件ばかりはしくじりはならぬ」

　と注意を喚起した。磐音もまた家治の御側御用取次の速水に、

「速水様、ご老中はお気付きではございますまいな」

　と念を入れた。

「事前に田沼一派の耳に入ったことが分かれば、即刻中止といたす」

　当然の決断だった。

「承知仕《つかまつ》りました」

「磐音どの、頼んだぞ」

　速水の言葉はいつにも増して険しかった。

磐音は昼前に離れ屋に戻った。

駒井小路《こまいこうじ》の桂川国瑞邸を訪《おとな》うかどうか磐音は迷った。だが、国瑞は診療の刻限であろうと、夕刻まで待つことにした。その気配を察したおこんが、

「磐音様、しばし午睡《ごすい》をとられませ。用があればお起こしいたします」

と言い、

「いささか自堕落にも思えるが、そういたすか」

「そうなさいませ。昨夜は徹宵をなさったのです。夏の疲れが出る秋口にそれでは身が持ちません」

おこんが離れ屋に敷き延べた夜具の上にごろりと横になった磐音は、

「わが身であってないような」

と思わず呟いた。

「あら、私もそのように感じておりました」

「おこんもそう思うか」

「はい」

「俗に似たもの夫婦と申すが、そなたと考えが同じか」

「尚武館に養子と嫁に入ったときからの運命《さだめ》にございましょう」

「いかにも」

と答えた磐音は、

(四日後に決行となれば、使い慣れた包平が要《い》るな。研ぎが間に合うであろうか)

と鵜飼百助の仕事具合を気にした。

そして、眠りに落ちる前、なぜか磐音の脳裏に、夕暮れの光を受けた石榴《ざくろ》の実が浮かび、紅色の実に止まった蠅《はえ》を思い出していた。

(なぜ、蠅は石榴の実に止まっていたか)

蠅もまた自らの運命を感じ、石榴の身に一時羽根を休めていたのであろうか。

己の意思どおりにならぬのが、

「浮世」

というものだろう。

磐音は、ことりと音を立てるように眠りに落ちた。

第五章　お忍び船行

一

眠りの中で雨音を聞いていた。

離れ屋の屋根を打つ雨が瓦《かわら》を伝い、軒下の雨落としにあたる音だ。磐音は眠りの至福を味わいながら雨音を楽しんでいたが、ゆっくりと意識を覚醒《かくせい》させた。

蚊遣りの煙が立ち昇るのが見えた。

秋の蚊から磐音を守ろうと、おこんが点《つ》けた蚊遣りだった。

寝床に起き上がると、庭先の白桐に濁った残照があたり、色付き始めた葉が朧《おぼろ》に浮かんでいた。

「よう眠った」

磐音は独り言を洩らした。

おこんは母屋でおえいや早苗らとともに夕餉の仕度をしているのか、離れ屋にいる気配はなかった。

(夕刻までしばし間がありそうじゃな)

磐音は脇差を腰に差すと、藤原忠広を左手に携えて離れ屋から道場に向かった。

住み込み門弟の利次郎らは白山を連れて散歩に出ているのか、道場は珍しく無人だった。

磐音は道場に入ると神棚に拝礼し、忠広を腰に差した。これで左の腰が安定し、五体に緊張が戻ってきた。

磐音は尚武館の西の壁に向かい合った。高窓の格子からかすかな残照が射し込んでいる。

両足をわずかに開き、忠広を静かに抜くと、正眼の構えに置いた。

己が心を鎮めると無念無想の境地に入った。

一拍、右剣左剣から霊剱《れいけん》へ振るった。

仮想の相手の攻撃を恐れることなく、水が流れるが如《ごと》くに動いた。

いつしか磐音の心は明鏡の悟りに入っていた。

直心影流の免許伝開の明鏡の円は、

「己が心一点の曇りなければ明鏡のうつるが如し、是すなわち明徳なり」

と説く。

不意に磐音の心が乱れた。

人の気配が玄関先にしたのだ。

磐音は動きを止めた。

（われ明鏡の境地に未だ達せずや）

と思いつつ、忠広を腰に納めて玄関先に向かった。すると式台の前に桂川甫周国瑞がいた。門外に乗り物があるところを見ると、患家からの往診の帰りであろうか。

「稽古《けいこ》の邪魔をしたようですね」

と友がすまなそうに言った。

「昼寝をいたしまして、怠惰を戒めんと体を動かしていたのです」

と応じた磐音は、

「それがしもお屋敷を訪ねようと思うていたところです」

「依田様からお聞きになりましたか」

「城中にお出になる日にちが決まったとか。ただし速水様からは本日より四日後と聞いております」

国瑞が頷いた。

もはや秋の陽は釣瓶落《つるべお》としに落ち、尚武館玄関先を薄闇《うすやみ》が支配して国瑞の顔色は見えなかった。だが、国瑞の不安と興奮が磐音に伝わってきた。

「手配りは」

「およその仕度は整っております。あとはさるお方に悟られぬことです」

「いかにもさよう」

と答えた国瑞が、

「私どもには、佐々木さんが控えておられるのがなんとも心強い」

「桂川さん、いつものように西の丸に上がり、下城なさってください」

頷いた国瑞が、

「最前まで立ち騒いでいた心が鎮まりました」

と正直な気持ちを吐露した。

外廊下に忍びやかな足音がした。振り向くまでもなくおこんだ。

「おこん、桂川さんがお立ち寄りになっておられる」

「あら」

　と軽い驚きの声を洩らしたおこんが、

「夕餉にお誘いしては、桜子様にお叱りを受けましょうか」

「今宵は佐々木さんの顔を見に立ち寄っただけです。屋敷に戻ります」

　と国瑞が応じたところに門前が急に賑やかになり、利次郎らが白山の引き綱を手に弾む息遣いで走り込んできた。

　散歩の帰りに競走でもしてきたか。

「病人相手のうちと違い、こちらは賑やかですね」

　国瑞が声もなく笑った様子があった。

「賑やかと言うべきか騒がしいと評すべきか」

　白山は水の注《つ》がれた椀《わん》に顔を突っ込み、ぺちゃぺちゃと音を響かせて貪《むさぼ》り飲んだ。

「どちらから走って来られた」

　と磐音が若い門弟らに声をかけた。

「湯島天神からです。若先生、利次郎さんはいつも独りだけ近道をなさっておられます」

「これ、辰之助、おれがいつそのようなずるをいたした」

と利次郎が辰之助に反論した。

「でぶ軍鶏、そなたのやることなどわれら全員承知だ」

と田丸輝信が決め付けて、

「ひゃあ、分かっておったか」

と利次郎が大仰に驚いてみせた。

「ささっ、皆さん、手足を洗っておいでなさい。夕餉の仕度ができておりますよ」

というおこんの声に、

「やっと一日が終わったぞ！」

と若い門弟たちが叫ぶと、歓声を上げて井戸端に走った。だが、霧子だけは門前に残った。そこへ早苗が夕餉の餌《えさ》を運んできて、そのことに気付いた白山が尻尾を大きく振って早苗を歓迎した。

「白山、焼き魚の身を解《ほぐ》してあります、骨に気を付けて食べるんですよ」

早苗が注意しながら器を白山の前に置いた。

犬小屋のかたわらの鉢は、朝顔からいつしか早咲きの小菊へと変わっていた。

季助爺が丹精して育てたものだ。ために尚武館の門前には菊の香りがそこはかとなく漂った。

霧子はその様子を黙然と眺めている。

「桂川さん、これが尚武館の日課の終わりです。騒がしさに辟易《へきえき》なさいましたか」

「いえ、くどくど病を訴える患者を相手にするより、よほどこちらが壮快です。気鬱《きうつ》の病人を尚武館に連れてくると治るかもしれませんね」

と国瑞が苦笑いした。そう言いながらも御典医桂川家の人々が裏長屋にも熱心に足を運び、病と戦う患者の心強い味方になっていることを磐音は承知していた。

「佐々木さん、おこんさん、今宵はこれにて失礼いたします」

辞去の挨拶をした国瑞が門前に待たせていた乗り物へと歩いていき、磐音とおこんが見送りに出た。

門の下では白山が夢中で餌を食べていた。すでに早苗の姿はなく、霧子だけが残っていた。そして、季助爺が表戸を閉じようと長屋から姿を見せた。

神保小路を国瑞の乗り物が西へと向かい、ゆっくりと右手に曲がった。桂川家の屋敷がある駒井小路とは指呼《しこ》の間《かん》だ。

霧子が磐音に目顔で許しを得ると、神保小路の闇に紛れるように国瑞の乗り物を追った。影警護をするつもりだろう。

磐音は霧子の稽古着の腰に小太刀があるのを見ていた。

白山の椀を嘗める音ががちゃがちゃと響いて、

「若先生、扉を閉めていいかね」

と季助爺が訊いた。

「霧子が出ておる。戻ったなら通用口を開けてやってくだされ」

「畏まりました」

季助が長屋門の両開き扉をぎいっと閉じる音を聞きながら、磐音とおこんは式台に上がり、外廊下で離れ屋に向かった。

「少しはお休みになられましたか」

「熟睡いたした」

「それはようございました。出羽の旅から戻られて早々、あちらこちらと走り回っておられます」

「すまぬ。ゆるりと過ごす間ものうて」

おこんの足が止まった気配がした。

「私には霧子さんのようにお手伝いができません。申し訳なく思います」

「おこん、人にはそれぞれ役目がある。霧子でなくばあのような気配りはできぬ。そなたは尚武館の奥に養母上《ははうえ》とともに控えておるのが大事な仕事だ」

「頭では分かっているのですが、つい」

「そなたが今津屋の奥に馴染むにはどれほどの歳月を要したな」

「お艶《えん》様が病がちでしたので、右も左も分からないながら必死で知恵を絞りました。どうにか周りを見回せるようになったのは、今津屋に奉公に出て三、四年過ぎた頃合いでしょうか」

「何事も歳月を重ねねば見えるものも見えてこぬ」

「はい」

「今宵はどちらで夕餉か」

磐音は母屋か離れ屋かと訊いた。

「離れ屋にございます。お酒を付けましょうか」

「酒か。それもよいな」

離れ屋に戻ると早苗が行灯《あんどん》に灯《とも》りを点していた。

「早苗どの、尚武館の暮らしに慣れたようじゃな」

「お蔭さまで、少し余裕が出て参りました」

「それはよかった」

早苗が母屋に戻っていった。早苗は部屋数の多い母屋で寝泊まりをしていた。なにしろ住み込み門弟の三度三度の食事の世話を、おえいやおこんや、飯炊きの女衆《おんなし》と一緒にしていたので、一日が結構忙しかった。

「酒の燗《かん》を付けます」

おこんが離れ屋の台所に立った。すると白桐が揺れて人影が二つ浮かんだ。

弥助と霧子だ。

「弥助どのも桂川さんに従うておられたか」

「表猿楽町より、桂川先生の身辺に気を配れと申し付かりました」

「それはご苦労にござった。なんぞ怪しき節はなかったであろうな」

「無事に屋敷にお戻りになりましたので、霧子に声をかけ、こちらにご挨拶をと思い、ちょいと顔を覗かせました」

「ちょうど良き折りじゃ。弥助どの、話がある。上がってくれぬか」

「時分どきにお邪魔いたしましたな」

「遠慮は要らぬ——

と答えた磐音は

「霧子、おこんが台所におる。弥助どのが見えたことを告げて、そなたらの膳も二つ、こちらに用意させよ」

と命じた。

尚武館では住み込み門弟がいる上に急な訪問客は日常茶飯事だ。だから、どのようにも対応できるように、飯や菜は多めに調理してある。

おこんと霧子がすぐに母屋に向かったようで、膳が急ぎ二つ加えられることになった。

霧子がまず燗酒と器を運んできた。

「弥助どの、こうして盃を酌み交わすのは、日光社参の折り以来かな」

「光陰矢のごとしにございますな。霧子と出会うて二年の歳月が流れました」

磐音は弥助の器に酒を注ぎ、

「わっしにも酌をさせてください」

と弥助が交代で酒を注いだ。それを見た霧子が台所に下がった。

「弥助どの、日光社参以来の大事が四日後にござる。そなたと霧子の助けを借りねばならぬ」

「表猿楽町の殿様にも厳しく命じられております」

弥助が頷き、気持ちを一にするように二人は温めの酒を口に含み合った。

「やはり、心を許し合うた友と酒を酌み交わすのは堪《こた》えられぬな」

「若先生、わっしが友にございますか」

「その他に呼び方があろうか。筑前遠賀川の渡し以来の知己、長い交誼《こうぎ》を重ねて参ったな」

「佐々木様は今や江都《こうと》一の尚武館道場の後継になられました」

「とは申せ、日々の暮らしが長屋からこの尚武館の離れ屋に変わったくらいでな、当人が一番のんびりしておる」

「そこが佐々木様のお人柄です」

「はて」

と応じた磐音は、桂川国瑞が創案した西の丸からの家基脱出作戦を弥助に話した。

「桂川先生は、西の丸様を御薬箱持ちに扮装《ふんそう》させて外へ連れ出されるお積もりですか」

「西の丸の中にも田沼意次様一派の目が光っておろう。なんとしても気付かれぬよう夕にお連れせねばならぬ」

「その日はわっしも桂川先生の近くに控えて離れませぬ」

「それを弥助どのに願いたかったのだ」

「畏まりました」

以心伝心、二人の気持ちは即座に通じた。老練な密偵に余分な指図も言葉も要らなかった。磐音も弥助も、徳川家基という英邁な若者に徳川幕府再興の願いを託していた。

秋の夜長、磐音と弥助がゆるゆると盃《さかずき》を重ねていると、

「お待ちどおさま」

とおこんの声がして、霧子と一緒に二つの膳を新たに運んできた。

「おこん様、水入らずの夕餉に無粋にも割り込んで、申し訳ございません」

と弥助がおこんに詫びた。

「弥助さん、よう参られました。霧子さんが世話になっております」

おこんは、霧子が弥助を師として仰いでいることの礼を述べた。

「おこん、そなたも一献どうだ」

「あら、私もですか」

磐音がおこんに自らの酒器を持たせて燗徳利の酒を注いだ。

「頂戴いたします」

おこんは両手の盃をゆっくりと口に含んだ。

「おや、おこん様はなかなかいける口のようですね」

「亭主の勧めゆえ一杯だけ頂戴いたしました。霧子さん、お腹《なか》が空《す》いたでしょう。ささっ、殿方お二人に構わず箸を付けて」

おこんが霧子に許しを与えた。

この日、尚武館の夕餉の菜は、鰯《いわし》の塩焼き、大根と人参の膾《なます》、葱《ねぎ》ぬた、豆腐汁と香の物だった。

あれこれ四方山話をしながら磐音と弥助で三合ばかりの酒を飲み、夕餉を食した。

「思いがけなく夕餉まで頂戴いたしました。おこん様、この次は魚河岸からなんぞ魚を購って参ります」

と嬉しそうに礼を述べた弥助が尚武館の離れ屋を後にしたのは、五つ（午後八時）過ぎの刻限か。通用口まで霧子が見送りに出て、ようやく長い尚武館の一日が終わった。

たが、弥助は自らの塒に戻ろうとはせず、再び駒井小路に向かうと、なんとなく桂川邸の周辺を見回った。

桂川邸は神保小路同様に御城の北側にあって、御書院番など大身旗本が拝領屋敷を連ねる一角で、敷地はおよそ八百七十坪ほどあった。

弥助が、

（あれ）

と思ったのは西側の幅一間ほどの路地に入ったときだ。

ぎいっ
と音がして裏戸から人影が姿を見せた。

弥助は咄嗟に今川小路へと身を潜めて様子を窺った。

桂川邸の裏戸を出た人影は、弥助の忍ぶ方角とは反対に、東に向かって武家地を下り始めた。

弥助はその後を尾け始めた。

桂川家は医家だ。当然急患の知らせが入ることもあろうが、それならば表戸の門番に訪《おとな》いを告げるはずだ。

常夜灯の点った道に出ると、忍び出た影がまだ若く、遠目に慈姑《くわい》頭で長羽織のようなものを着込んだ見習い医師のようだと見当を付けた。

影は武家地を神田川へと向かい足早に歩んで、淡路坂から昌平橋へと出た。そして、橋を渡るとそのまま真っ直ぐに、神田明神下同朋町裏道へと入り込んだ。この界隈の門前町には、曖昧《あいまい》宿や安直な水茶屋や煮売り酒屋が十数軒ひっそりとあった。

(酒でも飲みに来たか)

弥助が思ったとき、慈姑頭が路地と路地の間に身を潜り込ませた。間を詰めて路地奥を覗いた。幅半間もない路地の奥に灯りが点り、煮売り酒屋が店開きしていた。

間を置いた弥助は煙草入れから煙管《きせる》を抜くと口に銜《くわ》え、路地に身を入れて、縄《なわ》暖簾《のれん》を肩で押し開くと、

「ちょいと一服させてくんな」

といかにも煙草吸いが火種を求めて飛び込んだ格好で飲み屋に入った。路地奥の店にしては弥助が考えたより広い土間店で、左右に半畳幅の板敷があり、桂川邸を抜け出た慈姑頭は婀娜《あだ》っぽい女と向き合っていた。

「お客さん、煙草盆は置いてますよ。でも、うちは酒屋なんですからね」

と小僧が注文を付けた

「小僧さん、煙草の火種だけを借りてどろんをしようなんて了見じゃねえや。酒とつまみを見繕《みつくろ》ってくんな」

「へえ、それならばお客様ですよ。どこでも空《あ》いているところに座ってくださいな」

と間の抜けた声で応じ、弥助は慈姑頭と背中合わせに席を取った。

翌日の昼下がり、磐音と早苗が表猿楽町の辻《つじ》まで下ってくると、

ごろごろ

と遠雷が聞こえた。

角樽を手に提げた磐音は足を止め、遠雷を確かめた。

江戸の町に雷が襲ったとしても間があろう。そんな鳴り方だった。

「早苗どの、荷は大丈夫か」

早苗が背に負った風呂敷包みを気にした。

「若先生、このくらいの荷、なんでもございません。私、母上の手伝いで内職の材料を背負って運んでいましたから」

「勢津どのは働き者じゃでな、そなたも母上の気性を引いたのであろうか」

「父があのようなお方です。竹村では女がしっかりせねば暮らしが成り立ちません」

磐音は早苗の言葉に笑みで応えると、八辻原に向かって武家地をさらに下り始めた。

早苗の背の荷は、今津屋からの頂戴ものの塩引きの鮭《さけ》、干し饂飩《うどん》、里芋などで、それなりに重かった。だが早苗は、おこんがあれこれ用意してくれた実家への土産を主《あるじ》の磐音の手を煩《わずら》わせまいと、気丈なところを見せていた。

その朝、品川柳次郎が朝稽古に姿を見せ、磐音に、

「天神鬚の百助様からわが家に使いが参りました。研ぎが終わったで、いつでも取りに参られよ、との言伝です」

「ほう。思うたより早いお仕事でしたね」

「気難しい鵜飼様が旬日を経ずして研ぎ上げるなんて、よほど佐々木さんのお人柄が気に入られたのですよ」

「助かります」

「昨夜《ゆうべ》、私がお届けしようかと鵜飼屋敷に顔を出しますと、ふーんと鼻先で笑わ

れました。研ぎ師はのう、研ぎ上げた刀を客に直に渡して、その場で吟味していただくのが慣わしだ。柳次郎、そなた、武士の道具を研ぎに出したこともないで、そのようなことも知らぬか、と叱られました」

と苦笑いした柳次郎が頭を掻いたものだ。

「それがしのことで気の毒な思いをさせましたな。これぱかりはそれがしが参り、鵜飼様にお礼を申し上げたい。明日の昼にも訪ねます」

と柳次郎に約束した。そこでおこんに本所行きを告げると、

「最前、今津屋さんからあれこれ頂戴いたしました。鵜飼様には下《くだ》り酒を持参されませんか」

と角樽を見せた。

「それはよいな」

「磐音様、竹村様のところにも頂戴ものをお裾《すそ》分けしとうございます。早苗さんを連れて行かれませ」

というわけで、昼餉の後に急遽《きゆうきよ》早苗の本所行きが決まった。むろん早苗を身内に一目会わせたいというおこんの思惑があってのことだ。

柳原土手の柳に当たる陽射しも、もはや夏が去ったことを示す穏やかさだ。

対岸の神田佐久間町辺りから祭りの稽古か、太鼓と笛の調べが神田川を越えて響いてきた。

祭り囃子《ばやし》に誘われたように早苗がばたばたと駆け出し、柳原土手に祭られた柳森稲荷《いなり》の前に走り寄り、拝殿の前で両手を合わせた。

磐音は神田川を見下ろす土手に上がり、流れを見下ろした。折りから空の猪牙舟が上流から下ってきて、

「若先生、どちらへ」

と柳橋の船宿川清の船頭小吉が声をかけてきた。

「川向こうの南割下水まで参るところじゃ」

「手に角樽をお持ちのようだ。お乗りになりませんか」

「贅沢じゃが、時に川面から江戸の家並みを眺めるのも一興かな。願おう」

磐音はまず早苗の荷のことを考えた。そして三日後に迫った企てのことを話し合っておこうという魂胆が生じて、

「早苗どの、柳森稲荷の霊験《れいげん》があったぞ」

と舟で川渡りをすることを告げた。

「若先生、私を案じてのことなら大丈夫です」

「そうではない、年樽がいささか重いでな、楽をしようと考えたのじゃ」

笑いに紛らした磐音が、

「階段が急じゃぞ。気をつけてな」

と先頭に立ち、小吉が巧みに土手に漕《こ》ぎ寄せた猪牙舟に乗り込んで、

「ほれ、早苗どの、手を貸すがよい」

と早苗を猪牙舟に乗せた。

「小吉どの、どちらまで参られたな」

「水道橋際のお屋敷のご用人様が、浅草寺《せんそうじ》にお参りに行かれたんで」

「どなたか存ぜぬが、用人どのの信心にわれらも助けられた」

小吉が竿《さお》で巧みに土手を突いて、猪牙舟を流れの真ん中に戻した。

早苗は舳先《へさき》に座り、神田川の両岸に広がる江戸の風景を食い入るように見つめていた。

磐音は小吉の櫓《ろ》捌《さば》きの音が聞こえる艫《とも》に腰を落ち着けると、三日後の船旅について、順路などをあれこれ打ち合わせした。

宮戸川の名物を食して御城に戻るだけでは、危険を冒してまで西の丸を抜け出す意味がない。

折角の機会だ。

若い家基の旺盛《おうせい》な好奇心と探究心をできるだけ満たしてさしあげたいと、磐音は桂川国瑞らと話し合ってきた。将軍位に就けばこのような機会は二度と巡り来ることはない。

そんな家基密行の足となる川清の船頭小吉との打ち合わせは、念を入れ過ぎるということはなかった。

順を追い、時間を考えながら磐音が船旅を願い、小吉が、

「その後はこちらから回ったほうがようございます」

と江戸の水路を知り尽くした船頭ならではの考えが出されて、二人の密やかな打ち合わせは、竪川からさらに横川へと移動する間も続いた。

内談がようやく終わった頃合い、横川と南割下水の合流部、長崎橋に猪牙舟が横付けされ、

「小吉どの、本日、そなたと会うて幸いであった」

と磐音は礼を述べた。

「あとは雨の心配じゃな」

「いえ、この分ならば案ずることはありますまい」

と小吉が澄み切った空を見上げた。

いつしか遠雷も筑波山《つくばさん》の彼方に消えていた。

助かった、と磐音が舟賃に酒手を加えて渡し、

「毎度お世話になります」

と小吉が礼を返すと舳先を巡らした。

「早苗どの、竹村さんが勘違いをなさるといかぬ。それがし、この足で鵜飼百助様のお屋敷を訪ねる。そなた、天神鬚の百助様の屋敷を承知か」

と磐音は手に提げた角樽を早苗に差し上げた。

「恥ずかしながら父上は、若先生の提げられた角樽を見れば、必ずや自分への土産と勘違いします。天神鬚のお屋敷はよう知っております。すぐに参ります」

「急ぐことはない。おそらくあちらに半刻（一時間）はおるでな」

と言い残した。磐音と早苗は長崎橋際で別れた。

二

鵜飼家の屋敷からは、砥石の上を刃が滑る音が規則正しく響いていた。

磐音は研ぎ場の入口に立つ石榴《ざくろ》の木に視線を留めた。実はいよいよ透き通った紅色に色付き、なぜか今日も蝿《はえ》が止まっていた。

(石榴の実を住処《すみか》と勘違いしおったかな)

と思いながら、ご免くだされ、と声をかけた。

「おお、柳次郎の言伝が届いたか」

研ぎを中断した天神鬚の師匠が磐音を見た。

鵜飼の本職は品川家と同様幕府御家人だ。だが、南北割下水界隈に拝領屋敷を構える御家人で、扶持《たゆ》だけで暮らしが立つ家はほんの数えるほどだ。

品川家は幾代が弛まず内職に精を出して家計を支え、鵜飼家は先祖が刀剣の研ぎと鑑定の知識と技を持っていたゆえ今では、

「研ぎ師鵜飼百助」

が表看板のようになっていた。だが、両家ともにあくまで将軍家の家臣なのだ。

「鵜飼様に仕事を急《せ》かせたようで恐縮しております。そのお礼に、到来ものを持参いたしました」

と手に提げてきた角樽を差し出した。

「おお、これはなによりの好物—

立ち上がって受け取った百助老が、研ぎ場の神棚の前に角樽を置いて柏手を打った。そして、研ぎ上がった刀を取りに行くのか、奥に姿を消した。

磐音も神棚に拝礼して心を鎮めた。

「玲圓どのの差料《さしりょう》は未だ手付かずでな」

磐音の背に天神鬚の声がした。

「それがしの包平《かねひら》が先でしたか。恐れ入ります」

磐音はその場で腰の藤原忠広を抜くと研ぎ場の刀架に置いた。

「お改めなされ」

百助が差し出した包平を両手で恭しく受け取った磐音は、久しぶりの愛刀の重みを手に感じ取っていた。

これが二寸二分の違いか。

百助の研ぎ場には三畳ほどの板の間が設けられてあった、客が研ぎ上がった刀を吟味する場所だ。

「拝借いたす」

磐音は板の間に座すと心を鎮めた。すると百助老が、

「若先生、拝借の藤原忠広、使う機会がござったかな」

と問うた。

「佐々木家伝来の一剣、穢《けが》しましてございます」

すまなそうに答える磐音に、

「刀の本来の目的は斬り合いに供することよ。血で穢すのは致し方なきことじゃ。拝見してようござるか」

と百助老が訊いた。

「ご存分に」

磐音は意識を包平に戻すと静かに鞘走《さやばし》らせた。

大帽子《きっさき》から刃区《はまち》まで、包平の地肌、刃文《はもん》の味わいを存分に生かした研ぎであった。一点の曇りもなく研ぎ上げられた二尺七寸を堪能していると百助が、

「ううーん」

と唸《うな》る声がした。

磐音が振り返ると、百助は藤原忠広を右手に構え、切っ先下の横手より三寸下の物打ちを凝視していた。

「そなたには釈迦《しゃか》に説法であったな」

「なんのことにございましょう」

「なあに二尺七寸と二尺四寸八分の違いよ」

「二寸二分の見切りにございますな」

「いかにも、包平の使われた場所と忠広のそれと、寸分の狂いもないわ。そなたはすでに三分の違いも見切っていよう。玲圓先生のご注意も杞憂《きゆう》であったな」

と答えると、

「この藤原忠広、それがしが預かっておこう」

と研ぎをかけることを磐音に告げた。

「お願い申します」

「まあ、このような逸剣を手入れする機会もそうないでな」

と笑った天神鬚が、

「おお、そうじゃ。そなたや柳次郎の知り合いに竹村武左衛門がおったな」

「竹村どのはそれがしの朋友、ただ今竹村家の娘御が尚武館に奉公に出ております。そのうち、こちらに姿を見せます」

そうか、と応じた百助が、

「過日、ひどい刀を持ち込みおったわ。美濃《みの》辺りの刀鍛冶が鍛造した新刀じゃが、なにしろ手入れが悪い。そのことを注意すると、裏長屋住まいに刀を手入れする余裕などあるものかと居直りおったわ。それも分からぬではない」

「竹村さんが、研ぎを頼みに来られましたので」

天神鬚が頷き、それもただの研ぎではないわ、と吐き捨てた。

「刀をいくらかでも高く売りたい魂胆ゆえ研ぎにかけると申すでな、刀の売り値より研ぎ料が高いでやめておけと忠告した。するとあやつ、なに、天神鬚は貧乏浪人からも高い研ぎ代を取る気かと脅すように言い残すと、刀を持って帰りおったわ」

「竹村さんはなぜ大事な刀を売り払おうとなさるお考えか」

「刀を質入れするような暮らしは今に始まったことではあるまい。あやつ、武士に見切りを付けたゆえ、刀を売り払おうと考えたのではないかのう」

磐音は百助の言葉で、なんとなく武左衛門の気持ちが察せられた。

「鵜飼様、いささかお願いがござる。それがし、これより品川家に参ります。竹村さんの娘御早苗どのがこちらを訪ねて参ります。それがし、品川家で待つと言伝願えませんか」

「そなたも貧乏性よのう。このこと、娘には内緒にしておく」

磐音は黙礼すると天神鬚の研ぎ場を出た。

　南割下水から北割下水に回ると、熟し始めた瓢箪が風に揺れる庭の向こうの縁側で、幾代と柳次郎の二人が内職に精を出しながらも、庭を歩く鶏と雛《ひよこ》を見ていた。

「おや、こちらでは鶏を飼うておられましたか」

「佐々木様、なにを思うたか、何年も屋敷に寄り付かぬ長男の和一郎《わいちろう》が鶏と雛を持って、無沙汰の挨拶にと参りましてね。どうせ魂胆があってのことと柳次郎と話し合うております」

　幾代が笑うと、茶を仕度するつもりか台所に立った。

「兄がなにを考えようと、もはやどうにもなりません。ですが、持参の生き物にはなんの罪もありませんのでうちで飼うことにしました」

　と青竹を鉈《なた》で割っていた柳次郎が答えて、

「見ているとなんとなく愛着が湧きますし、そのうち、卵でも産んでくれれば膳が豊かになります」

　と苦笑いした。

「品川さん、鵜飼様の研ぎ場に立ち寄ってきたところです」

「早速行かれましたか」

鵜飼様より気にかかる話を聞きました、と前置きして、磐音は百助老から聞いた武左衛門の行動を告げた。

「こたびは本気かな」

と首を捻《ひね》った。

「本所界隈で一家が住み込んで働ける屋敷があればよいが、そんな旨《うま》い具合のところはなかなかないですよ」

「顔の広いのは地蔵の親分かな」

「私がまず旦那の気持ちを確かめます。当人の気持ちがふらついているようならば、こちらの思案損ですからね」

と柳次郎が答えたとき、早苗が修理のなった冠木門から顔を覗かせた。

「早苗どの、こちらに邪魔をしておる」

磐音の言葉に早苗が縁側に入ってきて、柳次郎に挨拶した。そこへ茶菓を盆に載せて幾代も戻ってきた。

「竹村さんは息災であったろうか」

「それが、母と喧嘩をしたとかで、不貞寝《ふてね》をしておいででした」

磐音の問いに、早苗が幾代を気にしつつ恥ずかしそうに答えた。

「早苗さん、喧嘩の原因はなんですね」

と幾代が問いかけた。

「なんでも、父上が刀を売り払われたとか。母上は飲み代欲しさに売り払われたと言っております」

「やっぱり本気だ」

と柳次郎が言い、

「となると、竹村の旦那の本心を確かめる要もないな」

「なにより、早苗どのの気持ちを確かめるのが先かな」

と磐音と柳次郎が言い合った。

早苗が磐音を見た。

磐音は柳次郎と目顔で気持ちを了解し合った。

「早苗どのはもはや子供ではないでな、話しておこう」

磐音は再び鵜飼百助から聞いた話を早苗に告げると、

「こたびの一件、飲み代のために刀を売り払うたのではないと思われるのじゃ。早苗どのはどう考えられるな」

磐音の説明を聞いた早苗が、

「いつまでもお二方に迷惑をおかけして、わが父ながら恥ずかしゅうございます」

と二人に詫びた。

「早苗どの、勢津どのは武士を捨てることに反対ではあるまいな」

と柳次郎が早苗に念を押した。

「うちの一家で、かたちばかりの武士などに縋《すが》っている者はたれもおりません」

と早苗が言い切り、

「今夕にも旦那と会う」

と柳次郎が宣言した。

磐音と早苗が尚武館に戻ったのは七つ半（午後五時）のことだ。すると弥助が稽古着姿の霧子と玄関先で何事か話し合っていた。弥助の様子はたった今尚武館を訪れた印象があった。霧子が、

「師匠、いいところに若先生が戻られましたよ」

と門に背を向けていた弥助に教えた。

磐音は弥助の顔に険しい表情があるのを見逃さなかった。

早苗が磐音に、

「本日は諸々お気遣いいただき有難うございました」

と礼を述べると、小走りに尚武館の母屋へと向かった。

母屋ではすでに夕餉の仕度が始まっていたからだ。霧子もまた二人に遠慮するように稽古に戻っていった。

「弥助どの、なにかござったか」

「はい」

玄関先での話は四半刻（三十分）に及び、磐音は玄関先に姿を見せたおこんに、

「弥助どのと、桂川さんの屋敷まで訪ねて参る」

と言い残し、夕暮れ迫る門外へと早々に姿を消した。

ぐうっ
と磐音の腹の虫が鳴った。すると桂川国瑞にそれが伝わったようで、
くうっ
と国瑞の腹も呼応した。
「わが家のことで佐々木さんに迷惑をかけて申し訳ありません」

と国瑞が詫びたとき、磐音が、

「どうやら見えたようです」

と国瑞に注意した。

ここは神田明神下同朋町の裏町だ。

「やはり」

軒下の暗がりに潜んだ国瑞が呻き、

「いつから田沼意次一派の手に落ちたか、園田高晃《そのだたかあき》めが」

と呟いた。

桂川家の住み込み門弟にして見習い医師園田高晃が、田沼意次の女密偵お葉《よう》と密会を繰り返し、桂川家の情報を伝えていることを弥助が探り出したのは、昨日のことだ。

弥助は二人の話の具合から、この密会がおよそ半年も前から行われていて、桂川国瑞が御典医の職域を超えて西の丸家基に信頼されていることを田沼一派が摑んでいることも推測をつけていた。

お葉が執拗《しつよう》に知りたがっていたのは、桂川国瑞の手引きで家基を密やかに深川鰻処宮戸川に連れ出す日がいつか、ということだった。

弥助は園田と別れたお葉を追跡して、田沼意次屋敷の裏門から内部へと姿を消したことを確かめた。

弥助の報告を磐音が国瑞にもたらしたとき、国瑞は驚愕《きょうがく》した。一方で門弟を信じたい気持ちも見られた。そこで弥助が、

「桂川先生、ご自分の目で確かめられるが一番にございます」

と神田明神下まで国瑞を案内したのだ。

磐音と国瑞の前を、今度は遊び人の風体《ふうてい》に身を窶《やつ》した弥助が通り過ぎ、裏路地の飲み屋へと姿を消した。

「佐々木さん、乗り込んで園田高晃を面詰しとうござる」

「桂川さん、それは早計にござろう。ただ今のわれらになにができるか、桂川さんにその場を見ていただくことがまず大事かと思われます」

「なにか反撃の策がありますか」

「田沼派とて必死、桂川家が家基様と近しいのはとくと承知のことです。また先に、それがしが御薬箱持ちを装って西の丸に宮戸川の鰻を届けたのも知れております。日頃の家基様の言動を注視していれば、若い西の丸様が宮戸川で鰻を食し、そのついでに江戸見物をしたいという思いを抱いておられることは推測のつくこ

とにございましょう。そこで女密偵を園田どのに接近させ、籠絡《ろうらく》させた。田沼一派はまだはっきりとした情報は持っておらぬのです」

「園田は、同僚と酒を飲むこともなく遊びもやらぬ謹厳実直な学徒と思うておりました」

「そのような人物のほうが却って籠絡し易いとも考えられます」

「佐々木さん、なにか打つ手がありますか」

国瑞が最前と同じ問いを繰り返した。

「ここは我慢して様子を見守りましょうか」

磐音は今にも路地奥の煮売り酒屋に乗り込みたい風情の桂川国瑞を宥めて、暗がりに潜んでいるしかなかった。

四つ（午後十時）前、昌平坂で二つの影が短い間、一つに溶け合った。そして、名残り惜しそうに左右に分かれていった。

昌平坂を東に去る女を男の影はしばらく見送っていたが、思いを断ち切るように坂上へと上っていった。

園田高晃は、水道橋を渡って駒井小路の桂川邸に戻るつもりのようだ。

上水道の樋を横目に水道橋に差しかかった園田は、橋の真ん中で凝然と足を止めた。

二つの影が待ち受けていたからだ。

園田は闇を透かし、

「甫周先生」

と驚愕の声を発した。

「夜分、ご機嫌のようだな」

怒りを抑えた国瑞の声に狼狽《ろうばい》した園田が、

「つい物思いに駆られて散策に出て参りました」

「学問を究める者は悩みに突き当たり、悶々《もんもん》とする夜もあろう。だが、そなたが悶々といたすは別の事情のようだな」

「甫周先生、なにを仰っておられるのか分かりません」

「わざわざ尚武館の佐々木若先生まで同道してそなたを待ち受けていたのだ。覚悟をせよ」

園田高晃は逃げ道を探すように振り返った。するとそこにも一つの影が立っていた。

「そのお方に見覚えはないか、園田高晃」

国瑞の追及に園田が、知らぬ知らぬ、と思わず顔を横に激しく振った。

「神田明神下同朋町の裏路地に煮売り酒屋があって、そなたは連夜のように通っている。お葉と申す女と会うためにな」

「それをまたどうして」

「知ったかと言うか。そなたの後ろに立っておられるお方が、そなたらの会話を洩らさず聞いておられたのだ。怪しげな女に熱くなっておったそなたは気付く余裕がなかったようだな」

「甫周先生、確かにお葉と会いました。あの者、怪しげな女ではございません。それがしと夫婦《めおと》約束をした者にございます」

「園田、そなたには高崎に許婚《いいなずけ》がおったはずだが」

「い、いさえは親が決めた女にございます」

「それで、江戸で知り合うたお葉と申す女と懇《ねんご》ろになったか。園田、お葉はどこに住まっている」

「えっ、そこまでは存じませぬ」

「そなた、夫婦約束をした女がどこに住まっているか知らぬと言うのか。この朝に及んで桂川国瑞を虚仮にいたす気か」

　国瑞の舌鋒は、抑えた口調ながら火を吐くように激しかった。

「そなた、お葉が老中田沼意次様の密偵と承知の上で、桂川家の内情をあれこれと洩らしたな。医師という職業、聞き知った患者の秘密を他に洩らすのを厳しく禁じておる。園田高晃、それは師の言動を他者に洩らすこともまた同様である」

「決してそのようなことは」

「ないと言うか。そなたの父親と桂川家とは永年の親交があり、そなたを桂川家に受け入れた。親の気持ちと桂川家の厚意を、そなたは踏み躙《にじ》ったな」

　悲鳴を上げた園田高晃が不意に欄干《らんかん》に駆け寄り、神田川へ飛び込もうとした。

　だが、一瞬はやく行動を起こした弥助が園田の襟首を摑んで引き回し、よろめく園田の鳩尾《みぞおち》に拳《こぶし》が叩き込まれてへなへなと頽《くずお》れた。

「弥助どの、ご苦労でした」

　磐音の声に黙したまま頷いた弥助が、園田高晃の体をひょいと肩に担ぎ上げた。

　その夜、磐音は尚武館に戻らなかった。

　だが、利次郎らが朝稽古のために道場に行ってみると、すでに独り稽古をする磐音の姿があった。

磐音は鵜飼百助が研ぎ上げたばかりの包平を手に、緩《ゆる》やかな動きで抜き打ちを繰り返していた。

「お早うございます」

「お早うござる」

と静かに応じた磐音は包平を鞘に納めると、

「着替えて参る」

と言い残して、一旦道場を出た。

「若先生は外着のままだぞ」

「朝帰りか。おこん様に叱られよう」

「でぶ軍鶏、そなたとは違うわ」

と住み込み門弟らが言い合い、いつもの尚武館の日課が始まった。

一刻半（三時間）後、磐音が初心組の稽古を指導していると玲圓がかたわらに立った。

「なんぞあったか」

玲圓も家基の江戸微行と宮戸川立ち寄りの日が近付き、神経を尖《とが》らせていた。

磐音は見所にちらりと視線をやったが、この日は珍しく見所は無人だった。

「ございました」

磐音は初心組の稽古を観察しながら、玲圓に昨夜からの行動と見聞を小声で告げた。そして、考え抜いた一つの策を提案した。

「なんと、桂川家に田沼様の手が伸びておったか」

「養父《ちち》上《うえ》、考えられないことではありませんでした」

すでに磐音の言葉は平静だった。

「そなたの仕掛けが相手方に通じるかどうか。ともあれ、速水左近様には申し上げておかねばならぬ」

家基の江戸微行が田沼一派に知られたとなると、催しは中止せざるをえなくなる。次の将軍位を嘱望《しょくぼう》される家基の生死に関わる行動だ、その判断はむろん佐々木父子にできるはずもない。

「養父上、取りやめにございましょうか」

玲圓の答えはすぐには戻ってこなかった。

「稽古を終えた後、表猿楽町を訪います」

「そなたは一睡もしておるまい。わしに任せよ」

と応じた玲圓が、

「園田高晃と申す見習い医師を通じての仕掛け、相手が引っかかるかどうかは今宵次第か」

と言葉を途中で呑み込んだ玲圓が、

「家基様御側衆《おそばしゅう》のご判断を仰ぐしかあるまい」

と呟いた。

磐音は稽古の後、格別に沸かされた朝湯に入り、昨日からの汗を流した。朝餉と昼餉を兼ねた食事を終えた磐音は、おこんが敷いた床に横になった。

おこんはなにがあったか、磐音に訊くことはしなかった。養父と亭主が西の丸様に関わる一件で行動していることを承知していたからだ。それは稽古を早めに終えた玲圓が外出したことでも推測がついた。

「おこん、早苗どのから話を聞いたか」

「竹村様が先祖伝来の刀をお売りになったそうですね」

「いかにもさよう」

「いよいよ覚悟をなされましたか」

「それはそれでよい。どこぞに一家が住まいと仕事を見付けられるとよいのだがな」

「由蔵様にご相談申し上げようかと思います」

「それも手かな。それがしは地蔵の親分に話を通そうかと考えておった。竹村一家は馴染んだ本所界隈がよいかと考えたからじゃ」

「早苗さんが言うには、勢津様は格別本所南割下水の暮らしに拘《こだわ》ってはおられぬそうです」

「そうか。ならば由蔵どのの顔が役に立つであろうか」

と答えた磐音から寝息が洩れてきて、おこんは夜具の中に磐音の腕を入れると、夜具の端を軽くぽんぽんと叩いて立ち上がった。

磐音は二刻（四時間）ほどぐっすりと眠り込んで目を覚ました。すると母屋から文字《もじ》きよの冴えた声と三味線の調べが響いてきて、

「今日は稽古の日であったか」

と思い当たった。

磐音は乱れ箱に置かれた衣服に着替えると、脇差だけを差して離れ屋の庭に下りた。するとどこからその気配を見ていたか、霧子が姿を見せて、

「弥助様が道場におられます」

と教えた。

磐音と弥助は桂川邸の書物蔵の中で一夜を過ごし、園田高晃を脅したりすかしたりして説き伏せたのだ。なんとも難しい説得だった。

決め手は国瑞の言葉だった。

「そなたがあくまでお葉を信じ、田沼様に忠誠を尽くすというのであれば、御典医桂川の直弟子を名乗ることは許さぬ。向後、桂川家と園田家は断絶といたす。そなたも桂川一門から破門に処す。高崎城下で開業しておられるお父上の夢を潰《つぶ》すことになろうが致し方あるまい」

南蛮《なんばん》医学の泰斗《たいと》にして将軍家の御典医でもある桂川家の名声には確たるものがあった。その看板を名乗れるかどうかは、園田高晃の医師としての将来を左右した。

「甫周先生、それがしはお葉に、ご指示の言伝を伝えればよいのですね」

「いかにもさよう」

「して内容は」

「佐々木さんが申されるとおりにだ」

長い一夜を共にして半日と過ぎていない。

尚武館に入ると、高床の一角で弥助がまるで剣術好きの見物人であるかのように、利次郎らの稽古を見ていた。朝稽古に姿を見せなかった元師範の依田鐘四郎がいて利次郎らの指導に当たっていた。

「弥助どの、ご苦労にござった」

磐音は高床に腰を下ろした。すると弥助が顔を近付け、

「佐々木様、だぼ鯊《はぜ》が餌に食い付きました。返書がすでに園田様に届き、今晩、神田明神下の煮売り酒屋で二人は会います」

玲圓は未だ速水邸から戻った様子はない。

「決行されるかどうかは分からぬ。だが、仕度だけはしておこうか、弥助どの。書状を認《したた》めるゆえ、柳橋の船宿川清の主どのと、深川六間堀の鰻処宮戸川に届けてはくれぬか」

「はい」

万事呑み込んだ様子の弥助が承知した。

離れ屋に戻った磐音は書状を二通認めた。道場に戻ろうとすると稽古の気配が消えており、静かな緊張が漂ってきた。

三

道場に入ると依田鐘四郎が武芸者と対峙していた。

なんと武芸者は初実剣理方一流の遣い手、菱沼佐馬輔だった。

常陸麻生藩の後継を巡って別家側の用心棒に雇われた菱沼は、内紛を幕府に悟られたことで用心棒の職を失っていた。そのせいか旅姿で、足袋《たび》裸足《はだし》に塗笠を被っていた。

「思いがけない来客にございますな」

と磐音が声をかけると、菱沼がきいっと磐音を見据え、

「虚言を弄しおって」

と吐き捨てた。

「尚武館には数多《あまた》の腕自慢が参られますでな、若先生が一々対応していては身が持ちませぬ。ためにかような嘘を方便として用います」

と鐘四郎が平然と応じて菱沼に言い返した。

「師範、そのお方、なんぞそれがしに用がおありかな」

「真剣勝負の申し出にございます」

鐘四郎の声はあくまで平静だ。

「困ったな」

と応える磐音の声音も長閑《のどか》だ。

「菱沼どの、暫時お待ちを。用を済ませます」

磐音は弥助に二通の書状を渡した。

「佐々木様、何者です」

「千住掃部宿でいささかの縁を持ったが、正直、立ち合う謂《いわ》れはないのじゃ。困ったものよ」

「お困りですな」

と受けた弥助が、わっしはこれで、と立ち上がった。立ち合いを見物する気はないらしい。

「弥助どの、お頼み申す」

頷いた弥助が尚武館から姿を消した。

「あくまで立ち合いを所望なされるか」

「仕事先を放逐《ほうちく》され一旦は旅に出てみたが、いささか腹の虫が収まらんでな」

と言った菱沼は、背に負うた道中嚢の紐を解《ほど》き、袖無し羽織を脱いで仕度に入った。

霧子が磐音の愛用の木刀を持参すると、

「離れから刀をお持ちしますか」

と訊いた。磐音は未だ文字きよの稽古が続いている気配に耳を傾け、

「木刀でお相手いたそう」

と霧子の手から木刀を受け取った。

「佐々木磐音、真剣勝負と願うたぞ」

「それがし、尚武館道場での真剣での勝負を自ら禁じており申す。そなた様を軽んじたわけではござらぬ」

「ぬかしおったな」

依田鐘四郎が二人の間に立つように場所を移動し、

「それがし、検分仕《つかまつ》る」

と宣告した。

菱沼と磐音は一間の間合いで向かい合った。

菱沼は腰の大刀の鞘を左手に摑むと右手を柄《つか》に置き、

すうっ
と一尺ほど抜き、
ぱちん
と鞘に戻した。
「甲冑着用の居合術、とくと拝見仕る」
磐音は木刀を正眼に置いた。
静かなる対峙は鐘四郎らが息苦しくなるほど長く続いた。
腰を沈めた菱沼は磐音の息の乱れを待っていた。だが、磐音は、
「春先の縁側で日向ぼっこをしている年寄り猫」
と最初の師の中戸《なかと》信継《のぶつぐ》が評した静かなる構えで、微動だにしなかった。磐音には自ら仕掛ける気持ちは全くないのだ。
菱沼は、己が動かなければ自ら望んだ戦いの火蓋《ひぶた》が切れぬと悟った。そのとき、自らの呼吸が弾んでいることに気付かなかった。
だらり
と軽く拳を固めて右脇に垂らしていた手が、
すうっ

と流れ動いて鮫皮《さめがわ》の柄に伸び、同時に、

つつつ

と前進しながら刃渡り二尺八寸余の剣を引き抜こうとした。

磐音はその動きを見極めると踏み込み、正眼の木刀を、抜刀術を遣おうとした菱沼の右拳に、

びしり

と落としていた。

鈍い音がして拳の骨が砕かれ、菱沼佐馬輔の動きが停止した。

一尺数寸ほど刃が引き抜かれたところで動きが止まっていた。

菱沼の拳が柄から離れ、抜きかけた刃を左手で戻した。その顔が苦痛に歪《ゆが》んでいる。

「勝負ござった」

鐘四郎が静かに宣告し、磐音がするすると下がった。

菱沼は一礼すると右手を胸前に抱え、荷を持って退場しようとした。

「お待ちあれ。道場近くに懇意のお医師がおられる。案内《あない》させるで手当てをなされよ」

磐音の声に菱沼は歪んだ顔を向けたか、なにも言葉を発しない。

「利次郎どの、菱沼氏を駒井小路に案内してくれ。それがしもあとで参る」

それまで沈黙のうちに戦いを見物していた利次郎が、

「荷はそれがしが持ちます。参りましょう」

と誘いかけると、しばし逡巡《しゅんじゅん》を見せた菱沼も痛みに耐えかねたか利次郎に従った。

「身の程知らずと申さば酷でしょうか」

と鐘四郎が磐音に言った。磐音はそれには応えず、

「師範、ちと願いの筋がございます」

「なにごとですか」

「西の丸に登城し、家基様ご側近の三枝《さえぐさ》どのにお目にかかり、言伝を願いたい」

鐘四郎の顔が紅潮し、

「してその言伝とは」

と訊いた。磐音の応答は短く、一度だけだった。

「師範、しかとお聞きいただけましたか」

「はっ」

「頼みます」

鐘四郎がそそくさと尚武館道場を出て一刻（二時間）後、磐音も神保小路を後にして駒井小路に向かった。すると桂川家の玄関先で利次郎が、玄関番の若い医師と話していた。

「若先生、しくじりました」

「どうなされた、利次郎どの」

「骨折の手術を終えた菱沼どのの姿が消えました。部屋に、紙に包んだ二両が置かれてあったそうです。治療代と思えます」

「ならばよい」

磐音はあっさりと答えたものだ。

磐音は国瑞の診療室に通された。

「ご厄介をかけましたな」

「佐々木さんが手加減なされたゆえ、手術はさほど時間がかかりませんでした。怪我の治癒《ちゆ》は時が解決してくれましょうが、前のように右手が自在に動くようになるかどうか」

と国瑞が首を傾《かし》げた。

「こちらのほうは終わりました」

「ただ今、師範が西の丸に上がっております。夕刻前までには返答が届きましょう」

「あとは待つだけですね」

「いかにもさようです」

と磐音が答えていた。


書物蔵に軟禁されていた園田高晃見習い医師が、再び水道橋を渡って神田明神下の煮売り酒屋に姿を見せたとき、すでに弥助がいた。

その姿をちらりと見た園田はいつもの席に座り、四半刻後にお葉が姿を見せた。

二人だけの密会は半刻で終わった。

「高晃様、西の丸様の江戸市中お忍びは明後日でございますね」

「しいっ、お葉さん。たれに聞かれぬとも知れぬ」

「高晃様、この江戸で蘭方医《らんぽうい》の看板が掲げられますよ」

「お葉さん、医師の女房でよろしいか」

「ただの医師ではございませんよ。どこぞの老中が後見のお医師で、これから出世は望み次第ですよ」

と答えたお葉は、

「今宵はこの吉報を屋敷に知らせなければなりませぬ。高晃様、お名残り惜しいですが、しばらくの辛抱です」

と言い残して煮売り酒屋から消え、園田が未練を断ち切るように、残った酒を呷った。


翌日、尚武館道場の朝稽古に磐音の姿はなかった。


磐音は佐々木家に養子に入り玲圓の後継に指名された後も、道場に出ないことがしばしばあった。門弟たちは磐音が幕府の御用を務めていると密かに考えていた。ゆえに格別驚くことではなかった。だが、この朝は玲圓も元師範の依田鐘四郎の姿もなく、

「尋常にあらず」

を感じさせたが、住み込み門弟にも通いの弟子にもなんら動揺はなく、いつもの稽古が緊張の裡《うち》にも淡々と続けられた。


暗いうちから佐々木父子は柳橋際の船宿川清にいて、出船の仕度を待ちながら

茶を喫していた。

「ようもまあ、西の丸ご側近衆は家基様の江戸お忍びを許されましたな」

玲圓と二人だけになったとき、磐音が小声で話しかけた。

「西の丸でも最後の最後まで賛否分かれて紛糾したようだが、家基様の強い願いが通ったということであろう」

玲圓が緊張の顔で言った。

昨日、速水邸にこの一件で相談に出かけた玲圓が尚武館に帰ってきたのは、五つ半(午後九時)だった。

磐音はあまりにも玲圓の戻りが遅いゆえ、家基のお忍びは中止になるなと覚悟した。だが、戻った玲圓は、

「そなたらが企てたように一日前倒しで行う」

とだけ告げると仏間に入ったものだ。

その瞬間、慌ただしくも事が動き出したのだ。

「若先生、仕度が整いました」

小吉船頭が磐音に告げ、

「養父上、参ります」

「頼んだぞ」

「一命に替えても」

父子の間で短い会話があり、磐音は鵜飼百助が研ぎ上げた包平を携えて屋根船に乗り組んだ。すると屋根船の艫側に衝立《ついたて》が立てられ、朝餉や茶菓の仕度をする気配があった。

「長い一日になると思うが頼む」

「粗相なきよう相務めます」

衝立の陰からおこんの顔が覗き、答えた。

今津屋であらゆる経験を積んできたおこんだが、十一代将軍と目される西の丸様の接待など初めてのことだ。おこんの顔にも常とは異なる緊張があった。

「家基様は気さくな若様じゃ。いつものおこんでいればよい」

半日を過ごす屋根船で男の接待では華がなかろうと、速水左近がおこんを指名したという。

屋根船がゆらりと揺れて船宿を密やかに出た。

まだ江戸は未明の闇が残っていた。屋根船は灯火も点《つ》けず大川に出ると、両国橋、新大橋を下り、本流から離れて、中洲《なかす》と大名屋敷の連なる武家地との間の分流から一気に日本橋川に出た。

「桂川先生は大丈夫にございましょうか」

おこんがそのことを気にした。

桂川家には夜半過ぎ、密やかに西の丸から家基様ご不興の遣いが入り、即座に乗り物で国瑞と御薬箱持ちの見習い医師と提灯持ち一行が西の丸に向かった。同道の見習い医師はなんと園田高晃だ。

園田にこのことを命じたのは国瑞だ。

「園田、そなたが桂川国瑞との師弟の縁を保ちたければ命がけの使いを果たせ。できるか」

国瑞は園田に汚名を雪《そそ》ぐ機会を与え、

「必死に務めます」

と園田も受けたのだった。

「西の丸にはすでに師範もおられ、弥助どのも霧子も密かに忍び込んでおる。案ずることはあるまい」

屋根船は約束の比丘尼橋下に到着し、磐音が比丘尼橋に上がった。

薄闇が堀端に残っていた。

磐音は対岸の大名小路と町屋を結ぶ鍛冶橋に歩み寄り、柳の木の下でそのときが来るのを待ち続けた。

四半刻が過ぎた頃合い、桂川家の提灯が鍛冶橋御門に見えた。

もはや江戸の町には朝の気配が漂っていたが、提灯持ちは磐音にすぐ分かるように火を点していた。

桂川家の乗り物が鍛冶橋を渡った。いつもは左に向かう乗り物は右手に曲がり、磐音がすうっと乗り物に従った。

御薬箱持ちが磐音に声をかけた。

「磐音か」

「お話しになるのは今しばらくのご辛抱を」

御薬箱持ちを制した磐音は、比丘尼橋下に舫われた屋根船の見える河岸道まで案内すると、そこでようやく乗り物を停止させた。

北紺屋町ではお店の表戸が開かれる刻限になっていた。

その気配を感じながら、磐音は乗り物から下りた国瑞と御薬箱持ちを、屋根船へと下りる石段へ無言裡に案内した。

河岸道では何事もなかったように、提灯持ちを従えた乗り物が駒井小路に向かって朝靄の中に姿を消した。

朝の光が射し込んだとはいえ、障子を閉め切った屋根船の中は薄暗かった。

「頭をぶつけられぬようご注意くださいませ」

磐音が屋根船の真ん中に用意された席へと御薬箱持ちを案内した。

「家基様、もはや気楽になされて構いませぬ」

「甫周の薬箱持ちに化けたはよいが、薬臭うて敵わぬ」

磊落《らいらく》な家基の言葉に応じるように家基の背に回った女がいて、上っ張りを脱がせた。

「ほっといたしたぞ」

家基が船中を見回し、

「磐音、世話になるぞ」

と声をかけた。

そのとき、屋根船に行灯の灯りが点った。

国瑞が気を利かしたのだ。すると家基の視界に、船中のあちらこちらに飾られた野菊が映じた。そして、背からそこはかとない化粧の香りが漂い、

「この船には女も乗っておるのか」

と家基が振り向いた。

おこんが慌ててその場に平伏した。

「面を上げよ」

覚悟を決めたおこんが決然と顔を上げた。すると家基が、

「おおっ」

と喜びの声を発し、

「そなた、おこんじゃな」

と問うたものだ。

「いかにも佐々木磐音の女房こんにございます」

「城中でも家来どもが今小町と噂《うわさ》しておったが、磐音、おこんはなかなか美形よのう」

と家基が正直に思うたままに褒めた。

「いかにも。磐音には勿体なき美形にございます」

「おお、言いよるわ言いよるわ」

と手を打った家基が、

「磐音、甫周、おこん、そなたら、予をどこへ案内いたすな」

と訊いた。

おこんは上っ張りを持って衝立の陰に下がり、茶の仕度を始めた。

磐音は障子を薄く開いた。

屋根船は楓《もみじ》川から日本橋川に入ろうとしていた。

「家基様、江戸に一日千両の雨が降ると呼ばれる繁華な場所が三つございます。一は二丁町と呼ばれる芝居小屋が連なる界隈、二はご免色里の吉原、遊里にございます。さらには江戸の内海から房総《ぼうそう》、相模《さがみ》の海から朝採れし魚が押送船《おしおくりぶね》で運ばれてくる魚河岸が三つ目にございます。その威勢、ご覧になりますか」

磐音の言葉に家基が薄く開かれた障子の間から覗いて、

「おお、雑多な漁師船が集まっておるな。ここが魚河岸か」

「はい。家基様がお口になさる魚は、この魚河岸に集められたものにございます」

家基は初めて見る魚河岸の賑わいを見詰めていた。

屋根船がゆっくりと舳先を転じた。すると家基の目に日本橋が映じてきた。

「磐音、五街道の基点となる日本橋じゃな」

「いかにもさようです」

「千代田の城の全景が見えるわ」

屋根船はゆっくりと日本橋の下を潜《くぐ》った。すると両岸に町屋が広がり、表戸が開かれたお店では商いの仕度に大わらわで、河岸道を小僧が箒《ほうき》で掃き、打ち水をしていた。そして、普請《ふしん》場に向かう職人衆が急ぎ足で往来していた。

「磐音、予も魚河岸をそぞろ歩いてみたいの」

「家基様、御城近くにございますれば、たれの目があるやもしれませぬ。この界隈はご辛抱のほどを」

「宮戸川があるという深川界隈ならばよいか」

「川向こうならばようございましょう」

「ならば我慢いたす」

おこんが茶を運んできた。

「おこん、なんぞ食するものはないか。予は昨夜から病人の真似をしたで、なにも食しておらぬ」

「おやまあ、それはお気の毒に」

おこんがうっかり町言葉で応じた。

「おこん、そなた、今津屋と申す両替商の大奥務めをしたそうじゃな」

「町屋でございますれば大奥などはございません。主一家の御用を務めただけにございます」

と答えたおこんが、

「家基様、茶粥《ちゃがゆ》を召し上がられますか」

「粥か。病人が食するものじゃな。あれは好かん」

「困りました。昼餉が鰻ゆえ、朝餉はあっさりしたものを用意いたしました。桂川先生もわが亭主もご相伴《しょうばん》いたしますゆえ、我慢遊ばされませ」

「甫周も磐音もともに食するか。ならば膳を持て」

おこんが衝立の陰に下がり、膳部を三つ運んできた。

「これが町屋の粥か、城中の粥とだいぶ違うな」

「家基様、養父は朝稽古の後しばしば粥を食します。城中の粥がどのようなものか存じませぬが、尚武館では胡麻塩を振りかけて食しますゆえ、激しい稽古の後で十分に滋養は補えるようにしてございます」

茶粥の菜は、みりん干しの鰯、香の物だった。

「家基様、ものは試しと申します。尚武館名物の朝粥をお召し上がりくだされ」

磐音が勧め、おこんが茶粥の上に胡麻塩を振りかけて家基に差し出した。

茶粥の椀を抱えた家基が一口箸を付けて、

「おお、これは美味じゃぞ」

とさらに一箸付けようとして、

「磐音、日光に参る道中でもどこぞで粥を啜《すす》ったな」

と言い出した。

「よう覚えておられましたな。われらが粥を食したのは古河《こが》城下外れの大聖院にございました」

「思い出したわ」

「家基様、粥は啜り込むのが美味にございます」

と磐音が椀を持って啜り込んだ。すると大納言家基が磐音を真似て啜り込み、
満足げな顔で頷くと、

「おこん、そなたの亭主は変わり者じゃな」

「磐音様が変わり者にございますか」

「どこの世界に、窮地に落ちた許婚を助けに江戸から出羽まで参る」

「家基様はご存じでございましたか」

「甫周が聞かせてくれた。そなた、ようも許したな。女の嫉妬《しっと》は国を傾かせるこ

ともあると聞くが、そなたにはないか」

屋根船はゆっくりと舳先を巡らし大川に向かって下っていこうとしていた。

「佐々木さん、おこんさん、お許しください。家基様は、佐々木さんのことならばどのようなことでも知りたいと仰せになりますので、ついお話し申しました」

と国瑞が詫びた。頷いたおこんが、

「家基様。磐音様と奈緒様は幼き頃から不思議な縁で結ばれたお二人にございます。いわば前世からの因縁にございましょうか。私は俗世の佐々木磐音の女房にございますれば、奈緒様には嫉妬など湧きませぬ」

「前世の因縁に俗世の縁か。磐音も変わり者じゃが、おこん、そなたもだいぶ変わっておるのう」

と家基が感心し、おこんが笑みを浮かべた。

屋根船は大川に出て障子戸が開け放たれた。

四

「おお、これが隅田の流れか。気が清々いたすぞ」

家基は移りゆく町屋の景色を水上から眺め、水面《みなも》を低く飛ぶ都鳥に目を奪われていた。

磐音は、屋根船の艫に出た。

船頭の小吉が、

「若先生、大先生が随行して参られますぜ」

と数丁離れて密かに随行する猪牙舟を差した。

磐音は深編笠を被った佐々木玲圓と依田鐘四郎、さらには弥助と霧子が同乗した猪牙舟を認めた。

「若先生、まずはたれが出てこようと手も足も出ますまい」

「なにも怪しげな者など出てこぬことに越したことはない」

磐音は正直な感想を洩らした。

屋根船は幕府の御米蔵から御厩《おうまや》河岸ノ渡し、竹町ノ渡し、吾妻橋を潜り、浅草寺の五重塔を見ながら、竹屋ノ渡しに近付いていた。

「家基様、ご免色里の吉原は山谷《さんや》堀《ぼり》を八丁ほど上がったところにございます」

「吉原と申すところ、遊女がおるのじゃな。城中の大奥のようなものか」

家基は今ひとつ吉原が理解できぬようで国瑞に訊いた。

一大奥とは大いに異なりましょう。吉原は二万余坪の中に遊女三千人が雲集し、客を待つ遊里にございます。むろん男が色欲にて女の体を買う場所にございますが、ただそれだけではございません。江戸ではこの地から着物の柄、化粧、髪型、調度、草双紙までなんでも流行《はや》りものは始まるものでございます。また太夫と呼ばれる花魁《おいらん》衆は技芸に通じ高い見識も持っておりますし、華道茶道香道から和歌俳句も巧みに詠《よ》みます」

「甫周は物識りじゃな。吉原によう通うておるのか」

「医師ならば患者の噂話でこれくらいは承知です」

「なに、耳学問と申すか。ならば磐音はどうか」

「佐々木さんも耳学問の仲間かと存じます」

「おこん、そなたの亭主は吉原で遊んだことはないのか」

家基は不意におこんに問いを発した。

「いくらわが亭主どのでも、そこまでは存じませぬ。夫婦は、互いに少々の秘密を持ち合うくらいが宜しいかと存じます」

「少々の秘密がおこんにもあるか」

「ございますとも」

と答えたおこんが、

「家基様にはお母上にも申し上げられぬ秘密をお持ちではございませぬか」

と反問した。

「そうよな」

と家基は遠くを見る眼差しをして、

「ある。おこん、あるぞ」

「その秘密、胸の奥に大事になされませ」

おこんに言われた家基がこっくりと頷いた。

障子を開け放った屋根船はゆっくりと遡上《そじょう》し、白鬚《しらひげ》ノ渡しを越えて、さらに隅田川が荒川と名を変える鐘《かね》ヶ淵《ふち》まで漕ぎ上がると、今度は舳先を反転させて、流れに乗って須崎村まで戻ってきた。

対岸は浅草今戸《いまど》町《まち》、山谷堀が口を開けているのが見えた。

「家基様、少しお歩きになりませぬか」

「この界隈に名所でもあるか」

「過日、西の丸にお邪魔した折り、長命寺の桜餅をお持ちいたしました」

「覚えておる。桜葉の塩漬けが餡と一緒になってなんとも美味であったわ」

「その大黒屋を訪ねてみようかと存じます」

「長命寺は桜の名所であったな。この墨堤の桜は吉宗様縁《ゆかり》の桜か」

「いかにもさようでございます。長命寺門前の大黒屋とは付き合いがございます。この界隈を散策して大黒屋に立ち寄り、名物を食して参りましょうか」

屋根船が長命寺の船着場に付けられ、磐音がまず先に下りて辺りに気を配った。その後、家基、国瑞が続き、おこんが船に残ろうとした。

「おこん、そなたも同道してくれ」

紅葉狩には時節が早いが、青紅葉《あおもみじ》を愛《め》でる江戸の風流人もいて、門前町は賑わいを見せていた。

四人はそんな人々に交じり、そぞろ須崎村界隈を散策して長命寺に参詣《さんけい》し、大黒屋に立ち寄った。するとおかよが目敏く磐音とおこんの姿に目を留めて店奥から飛び出してくると、

「若先生、おこん様、ようおいでくださいました」

と満面の笑みで迎えた。

「おかよどの、本日は御典医桂川甫周国瑞先生と見習い医師どのを伴うた。名物の桜餅を馳走してくれぬか」

「若先生は御典医の桂川様ともお知り合いでしたか」

とおかよが頷くと、

「ささっ、桂川先生、若先生、おこんさん、風の通る座敷にどうかお上がりください」

と案内に立とうとして、

「若先生、見習いさんはお店のほうでいいかしら」

と磐音を見た。

一瞬、磐音が困った顔で、

「こちらの見習い医師どのな、われらと一緒にしてくれぬか。つい最近在方から江戸に出てこられて、事情が呑み込めておられぬでな、おかよどののところに迷惑をかけてもいかぬ」

「あら、見習いさんは在所のお方なの。下野《しもつけ》、上総《かずさ》」

おかよは家基に訊いた。

「なに、在方が下野か上総かじゃと。二国ともにわが父の持ち物である」

「あらっ、この見習いさん、私の言うことを呑み込んでないわ。お頭《つむ》もおかしいのかしら。若先生、この人を独りにしたら、なにをしでかすか分からないわよ。

あなた、やっぱり主の桂川先生と一緒にいなさいな」

おかよに命じられた家基が憮然《ぶぜん》とした顔をしておこんを見、当のおこんが笑いを嚙《か》み殺した。

「ささっ、皆さん、奥座敷にどうぞ」

おかよが改めて案内に立つと家基がおこんに、

「おこん、そなたの亭主は予を、在所から出てきた頭のおかしな見習い医師に仕立ておったぞ」

と吐き捨てた。


小吉が主船頭の屋根船は、小梅村水戸家の蔵屋敷の南に口を開ける源森川《げんもり》から本所に入り、横川、竪川、南十間川、小名木川《おなぎ》と巡り、富岡八幡宮《とみおかはちまんぐう》の船着場で再び家基一行は船を捨てた。

富岡八幡宮に参拝した後、永代寺界隈を散策し、深編笠で面体を隠した家基は、笠の下の目を輝かせて門前町の食べ物屋の光景などをあれこれと眺めて歩いた。

この行動には磐音一人だけが同道した。むろん佐々木玲圓、依田鐘四郎、弥助、霧子の四人が付かず離れずで、姿を見せることなく警護していた。

「磐音、この界隈は長屋が密集しておるのう」

「神君家康様が江戸入りなされた頃は葦原《あしはら》にございますれば、江戸府中より後にできた町並み、新開地にございます。ゆえに古町町人はおらず大店は少のうございます。また、大名家の拝領屋敷も大川の西に比べればあまりございません。それだけに、その日暮らしの職人衆が多く住み暮らす平民の町並みにございます」

日はすでに中天にあった。

家基は職人が狭い作業場で桶を作る光景を熱心に眺め、唐人飴《とうじんあめ》売りに子供がぞろぞろと従う様子にいつまでも好奇の視線を投げていた。

「若様、お足は大丈夫にございますか」

人に聞かれても怪しまれないように、磐音は家基の名を呼ぶことを避けた。

「船に戻ると申すか」

「若様がお歩きになれるようならば、宮戸川までこのまま徒歩《かち》で参りましょうか」

「磐音、この家並みが大いに気に入った。宮戸川はもう近いか」

二人は仙台堀の海辺橋に差しかかっていた。

「ゆっくり歩いても、四半刻あれば十分にございます」

一ならは徒歩にて宮戸川を訪ねるぞ」

　磐音は影警護する弥助に徒歩で宮戸川を訪ねることを伝え、弥助は心得て霧子を富岡八幡宮の船着場へと走らせた。

「若様、この屋敷は下総関宿《せきやど》藩久世《くぜ》出雲守《いずものかみ》様の下屋敷にございます」

「なに、久世の下屋敷がかようなところにあるか」

　家基は門番が怪しむのも気にせず門内を覗き込むと、

「よいところに久世は屋敷を構えておるわ」

　と呟き、

「さあ、参りましょう」

　と磐音に促されて寺町を抜け、小名木川に架《か》かる高橋に出た。

「もはや宮戸川のある六間堀は近うございます。おこんはこの町で生まれ育ったのでございます」

「ほう、この町でな」

　磐音は家基を、深川元町から金兵衛長屋のある猿子橋に案内した。すると驚いたことに金兵衛が早くもどてらを着込んで橋の上から六間堀を眺め下ろしていた。

「舅《しゅうと》どの」

「おや、婿どの。金兵衛長屋が懐かしくて六間堀に戻ってきたかえ」

「まあ、そのようなところにござる」

「磐音、舅と呼んだようじゃが、この者、おこんの父親か」

家基がどてらの金兵衛を見ながら訊いた。

「はっ、いかにもおこんの父親、金兵衛どのにございます」

磐音の言葉に金兵衛がむっとした顔をした。

「なんだい、このお侍。日中から顔を隠してよ。尚武館の門弟かえ。物の言い方も知らないいな」

「舅どの、いささか仔細がございまして」

金兵衛の怒りに磐音が曖昧に答えると家基が、

「金兵衛、予はおこんを承知であるぞ。そなた、いつまでも堅固に過ごせ」

「婿どの、こいつ、だいぶ頭がおかしいぜ。付き合いはほどほどにしたほうがいいな」

と言い放つ金兵衛を他所《よそ》に家基は、

「宮戸川はこちらか」

とさっさと六間堀東の河岸道を歩き出し、

「舅どの、また改めて」

と磐音が家基を追いかけていった。

宮戸川では昼の峠を越えて客は数組しか残っていなかった。磐音らは客の込み合う刻限を避けて宮戸川を訪れようとしていた。

「若様、あの香ばしい煙が宮戸川にございます」

「おおっ、そなたが鰻を割《さ》いていた鰻屋はあれにあるか」

「はい」

つかつかと宮戸川の店前に立った家基がいきなり深編笠を脱ぐと、

「亭主、許せ」

と鰻を焼く鉄五郎に声をかけ、店の中に入っていった。

(なんだえ、あの若い客)

と鉄五郎が身なりのいい客を目で追っていると、

「親方、世話をかける」

と磐音の声がした。慌てた鉄五郎が、

「い、今のお方が」

と店奥に視線をやった。磐音が頷き、家基の後を追って宮戸川の店内に姿を消した。

そのとき、六間堀の西岸に舫われてあった荷船の中でも、驚きの声が上がっていた。

「今のお方は西の丸様」

園田高晃の齎《もたら》した情報を基に、すでに宮戸川の見張りに入っていた田沼意次一派の女密偵お葉が洩らした驚きの声だ。

「お葉、家基の微行は明日ではないのか」

田沼家に新たに雇われた剣術家赤山六兵衛《あかやまろくべえ》理孝《まさたか》がお葉に確かめた。

「確かに明日と知らされたのに」

と呟いたお葉が歯軋《はぎし》りした。

「田舎《いなか》医師め、私を誑《たぶら》かしたね。どうするか見ておいで」

と吐き捨てた。


桂川国瑞とおこんが屋根船で宮戸川の前に横付けし、鉄五郎に目顔で迎えられ、慌てて店の中に入ると幸吉が、

「おこんさん、裏庭だぜ」

と恐る恐る奥を指した。

二人が井戸のある宮戸川の狭い裏庭に出ると、

「磐音、鰻を割くというのはなかなか難しいのう」

と言いながら、襷をした家基が嬉しそうに、にゅるにゅると身をくねらせる鰻を片手に摑んで格闘していた。そのかたわらでは磐音が家基に手本を見せていた。

「あらあら」

と安堵の声を洩らしたおこんは、

「わが亭主どのは宮戸川の鰻割きにお戻りだわ」

と呟いたものだ。


桂川国瑞を乗せた乗り物が、鎌倉河岸から一橋御門へひたひたと向かっていた。従うのは御薬箱持ちを務めて半日西の丸に身を潜めていた見習い医師の園田高晃と提灯持ちの二人だ。

乗り物に揺られる国瑞の顔には深い疲労と安堵があった。

家基は宮戸川の焼き立ての鰻を食して、

「磐音、甫周、予は初めて蒲焼の味に接したようじゃ」

と満足の笑みを零《こぼ》した。そして、おこんにも、

「おこん、そなたも食せ。これは美味じゃぞ」

と勧めた。

家基は黄昏《たそがれ》の刻限まで宮戸川にいて実に楽しげに過ごし、鉄五郎親方に、

「また参るぞ」

と名残り惜しそうな声を残して屋根船に乗り込んだ。

「長い一日であった」

と呟いた桂川国瑞の乗り物が不意に止まった。

一橋御門と雉子《きじ》橋の中ほど、御堀の南側には、城内の一角の御用屋敷の石垣が見え、堀端の北は四番明地の闇が広がっていた。

「何ごとか」

国瑞は自ら乗り物の扉を開いた。すると二人の人影が乗り物の前に立ち塞がっているのが見えた。

「園田高晃、よくもこのお葉を虚仮《こけ》にしてくれたわね」

「お葉、致し方なかったのだ」

悲鳴にも似た園田の言い訳の声が御堀端に響いた。

「西の丸様の江戸お忍びを一日早めるなんて荒業を、だれが考え出したのだえ」

お葉の蓮《はす》っ葉《ぱ》な言葉に答え、

「それがしにござる」

という長閑な声が夜気を揺るがした。

乗り物から国瑞が下りて、

「佐々木さん、おこんさんと神保小路に戻られたとばかり思っていました」

と安堵した声で友の名を呼んだ。

「このようなこともあろうかと、密かに従うておりました。おこんは、養父玲圓とともに尚武館に戻りました」

磐音が国瑞の前にゆっくりと身を運んだ。

時節を告げる虫の声が御堀端の土手から響いていた。

「この者が尚武館の後継か」

とお葉のかたわらから、武者草鞋《むしゃわらじ》に足元を固めた武芸者が磐音の前に出てきた。

「そなたは」

「中条《ちゅうじょう》家流武芸者赤山六兵衛」

「御典医桂川甫周国瑞どのの乗り物です。道をお開けくだされ」

磐音の言葉は相変わらず平静だ。

「ちと曰《いわ》くありて桂川国瑞と弟子の命を断つ」

「お相手いたそう」

磐音の声に赤山が剣を抜くと正眼に構えた。

それを確かめた磐音も包平を鞘から静かに払うと、大帽子《きつさき》を赤山の額に向けて付け、わずかに下ろしたところで止めた。

不意に御堀端から虫の声が消えた。

磐音が赤山六兵衛との戦いに集中したのを見たお葉が、気配もなく位置をずらした。簪《かんざし》仕立ての小柄《こづか》を抜くと園田高晃に向かって、
発止！

と抛《なげう》った。

同時に御堀端の一角から無音の気合いで投げられた十字手裏剣が飛来して、小柄に絡み、地面に転がった。

「うっ」

お葉が御堀端を見やると、黒装束に身を窶した霧子が姿を見せた。

「おのれ」

お葉の罵り声に誘き出されるように、赤山六兵衛がするすると磐音に向かって突進し、磐音もまた踏み込んでいた。
一気に両者が生死の境に踏み込み、互いが正眼の剣を肩口と喉元《のどもと》に向けて伸ばし合った。
赤山の切っ先が磐音の肩口を袈裟《けさ》に襲った。
磐音の包平の大帽子は、突進してくる赤山の喉前で、激流を上がる岩魚《いわな》のように翻《ひるがえ》った。
両者の動きがぴたりと止まり、
ぱあっ
と赤山の喉元から血飛沫《ちしぶき》が舞い、磐音の視界を真っ赤に染めた。
その瞬間、磐音の脳裏に、紅色の石榴の実に止まる黒い蠅が映じていた。
どさり
と赤山六兵衛の五体が崩れ落ちたとき、磐音の脳裏から紅と黒の幻影は泡沫《うたかた》のように掻き消えていた。

巻末付録

江戸よもやま話

忍び——影の計略師

文春文庫・磐音編集班 編

苦悩する利次郎を稽古相手として助け、徳川家基のお忍び見物の影警護を務めた霧子。陰になり日向になりの活躍、雑賀の女忍びの面目躍如たるものでした。

ところで、忍者といえば何をイメージしますか。黒装束に身を包み、手に載せた手裏《しゅり》剣《けん》をシュッシュッと飛ばし、巻物をくわえて印を結べば、ドロンと消えたり、蝦蟇《がま》に変身したり、不思議な妖術を使う——古くは大正年間に「忍術」ブームを巻き起こした『猿飛佐助《さるとびさすけ》』や『霧隠才蔵《きりがくれさいぞう》』、昭和三十年代に「忍者」「ニンジャ」という言葉を広めた山田風太郎の「忍法帖」シリーズや、司馬遼太郎の『梟の城』『風神の門』などの小説作品、さらには『サスケ』『忍者ハットリくん』『NARUTO』などマンガやアニメに至るまで、娯楽作品の中で創作されたイメージが私たちの忍者像を形作っています。

また、一日に四十里（約百五十七キロ）を走り、その場で高さ九尺（二・七三メートル）も跳び上がれたということも、その強靭な肉体と厳しい修業を想像させて余りあります。

では、なぜ桁外れの身体能力を手に入れる必要があったのでしょうか。今回は、主君の命によって、相手の心理を巧みに読む諜報活動や命がけの破壊工作などに従事した忍びの者の実像に迫ります。

忍者は、歴史上は「忍び」「草《くさ》」「透波《すっぱ》」「乱破《らっぱ》」「奪口《だっこう》」「軒猿《のきざる》」などと呼ばれ、史料で確認できるのは、十四世紀の南北朝時代以降とされます。有名な伊《い》賀《が》や甲賀《こうか》地方は、現在の滋賀県と三重県の山間部に位置し、有力な大名勢力がいなかったため、地侍は自警のために武装して自治を行っていました。普段は農業に従事していますが、近隣諸国の大名に雇われて、戦闘に参加することもあったようです。戦国大名は、彼らの鍛えられたサバイバル能力や情報収集術を重宝し、諜報活動や放火、破壊、夜討、後方かく乱に利用しました。これが忍びの役割だったのです。

本能寺の変後、堺から三河へ逃げる徳川家康を助けたことで、伊賀者はとくに取り立てられます。家康の江戸入府以後は、江戸城下に住み、大奥御広敷番《おおおくおひろしきばん》（大奥で男性の役人の詰め所の番）、明屋敷番《あきやしきばん》（幕府所有の空き屋敷の管理）、小普請方《こぶしんがた》（江戸各所の普請現場の管理、監視）に配属されました。また、鉄砲隊として百人組に編成され、江戸城の大手三之門の警備の任につきました。いずれも本来の忍び働きとは関係は薄く、また大規模戦闘も絶えた平和な時代となり、彼らは下級役人として生きる道を選びます。そのなかで、大奥で徳川家の身辺警護に従事することが、神君伊賀越えを助けた伊賀者のアイデンティティを支えたのではと考えられています。

やがて、父祖伝来の忍びの技を絶やさずに、「忍術」として体系化する動きが現れ、十七世紀後半、相次いで忍術書がまとめられました。以下、『万川集海《まんせんしゅうかい》』（伊賀忍者・藤林長門守の子孫・藤林保武《やすたけ》が編纂）や『正忍記《しょうにんき》』（紀州新楠流軍学者・名取三十郎正澄《まさずみ》の著）などから、忍び働きをご紹介しましょう。

そもそも、なぜ「忍び」なのでしょうか。字を見ると、「刃《やいば》」の下に「心」と書きます。常に胸に白刃を当て、決断を誤れば突き刺される覚悟を持ち、いつ何時何があっても動じない心が重要だと忍術書は説きます。

忍びは、敵を欺く計略を巡らし、城や家に侵入する専門技術を持ち、これは見かけは盗賊と変わりません。盗賊との違いは、「正心《しょうしん》」を持っていること、心をコントロールできることだと説きます。仁義忠信を守る正心が根本にあれば、私心をはさまずに任務を全うできるというのです。また、忍びは、命をも投げ出す心掛けは大事でも、自分勝

図　釜茹でで処刑された盗賊・石川五右衛門《いしかわごえもん》は、後世、伊賀忍者の頭目・百地《ももち》三太夫《さんだゆう》に師事した忍者として描かれた。『絵本太閤記《えほんたいこうき》』（武内確斎《たけうちかくさい》作、岡田玉山《おかだぎょくざん》画。1797〜1802年刊行）より、「文吾《ぶんご》（五右衛門のこと）、忍術女難を免るる図」。

手に死んではいけないと定められます。死んでは主の命令を遂行できない、だからどんなに屈辱でも生きて帰ることが求められました。不要な戦闘はせず、刀などを捨てて逃げても構わないとされました。

「事の急なるに臨《のぞ》んでは、思切《おもいきり》必ず死んと思ひ定むるに如《し》くは無し」――生へ執着すれば判断を誤るので、むしろ必ず死ぬと腹を決めればその難を逃れられる、これも「正心」の為せる業だ、というのです。

忍びの情報収集法には、「陽忍《ようにん》」と「陰忍《いんにん》」がありました。白昼堂々と敵地に潜入し、人と交わって情報を聞き出すのが陽忍です。一方、夜陰に紛れて潜入し、密談を盗み聞き、物品を盗み出すのが陰忍と呼ばれ、私たちが持つ忍者のイメージに近いものです。

服装には、渋柿で染めた茶色や焦げた茶色、黒、藍染めの濃紺色など、暗色で目立たない色が使われました。しかしこれでは、昼間に目立って仕方ありませんので、日中は虚無僧《こむそう》、仏僧、山伏《やまぶし》（修験者）、商人、放下師《ほうかし》（大道芸人）、猿楽師《さるがくし》、常の形（ふつうの姿）という七種に扮装して活動しました（これを「七方出《しちほうで》」と呼ぶ）。虚無僧は顔を隠し集団で行動できる、修験者は山中で怪しまれない、僧侶は関所をフリーパスで通れるなど、それぞれの利点を生かせます。もっとも身なりだけ真似てもすぐにバレます。僧侶であれば、宗旨を学んだ上で、敵地の寺に通って住職に近習し、「あの者は僧だ」と身元を証言してもらわないとならない。虚無僧に化けるなら、尺八や禅話の修行が必須。その職業の技能に通じていることも求められたのです。

さらに、陽忍は、潜入先の言葉や風俗を習得しなければなりません。さもなくば、怪しいよそ者と勘づかれてしまいます。島原の乱のとき、細川藩は、一揆勢が立て籠る原城に忍びを潜入させたのですが、言葉が違い過ぎて正体がバレてしまったという話があります。また、薩摩藩では、あえて訛りの強い鹿児島弁を領民に使わせました。これで潜入者は見つかり、生還できた幕府の隠密はいなかったと伝えられるほどです。

忍びの持ち物は、編笠《あみがさ》、鉤縄《かぎなわ》、石筆《せきひつ》・矢立《やたて》、薬（を入れる印籠）、三尺手拭い、打竹《うちたけ》。これが基本の「六具」でした。編笠は、顔を隠せるだけでなく、笠の裏に文書や矢を隠せます。鉤縄は、物や人を縛ったり、塀によじ上ったり、川や堀を渡るときに使います。石筆は蠟石などを棒状にした筆記用具で、墨壺とともに矢立に収納。印籠には、とくに腹痛に効く薬のほか、毒薬や解毒剤などを入れました。手拭いは、ほおかむりや包帯、水のろ過にも使えたため、殺菌作用のある植物で染められたようです。打竹は火を付けるための道具で、火術を操る忍びの必需品。

……あれ、これだけ？ と思うほどの軽装ですね。もちろん、任務に応じて差し替えや追加は行われますが、忍者必携のはずの手裏剣は、忍術書に記述がなく、古武術の訓練のひとつであったものを、明治以降の創作物で主要武器とされたのではと考えられています。実際は、変装に合わせて、刀（塀を登る際の踏み台や野宿時の屋根にもなる）や仕込み杖、鉄扇《てっせん》、鎖鎌《くさりがま》などを武器にしたようです。

さて、準備が整ったら、いざ敵地へ。『正忍記』には、情報をとりたい人物の屋敷へ、いかにして入り込むか、詳細に記されています。まず、その家の前を頻繁に往来し、自分が屋敷周辺にいても不自然と思われないようにします。やがて病（もちろん、仮病！）で門前で倒れて、屋敷の下人に薬や水を頼みます。しばし苦しんで回復の演技をして、門の中に入れてもらい、家人にお礼を述べ、自分を印象付けたらその日は帰る。後日、お礼の品を持って再び屋敷を訪れます。家の子どもをほめ、奥方から下人まで贈り物をして、主人の信頼を得れば、あとは機を見て機密を聞き出すだけ、という手筈です。随分と気長な作戦ですが、こうマニュアル化されたのは、成功率の高い方法だったからかもしれません。

なお、霧子のような女性の忍びを意味する「くノ一」は、忍術書にはほとんど登場しないのですが、『万川集海』では、「田力《たぢから》」＝男の忍びが潜入しづらい場合に、合図や約束を十分に言い聞かせて潜入させる、「久ノ一の術」として登場します。男の忍びを手引きしたり、色仕掛けで情報を集めたようですが、大立ち回りを演じる女忍びは、戦後に作られたイメージのようです。

陽忍の術は最上の方法とされましたが、陰忍も並行して行うとされ、経験則が事細かくまとめられていました。たとえば、『万川集海』には、必ず屋敷に潜入できる八つのシチュエーションが挙げられています。祝言明けの夜、家人の病が回復した夜、遊宴で騒いだ夜、隣家で火事などがあった明けの夜、普請や労役の夜、家人が亡くなり愁嘆に暮れた後の夜、風雨の夜、近所で騒動の夜――徹夜後の疲れた状態、緊張が解けた瞬間、物音が絶えない状況を狙えというのです。いざ忍び込んで、主人が寝ているかどうかを調べるには、鼾《いびき》の音を聴きます。偽の鼾は不安定で長短大小があり、また唾液を飲んだりため息をついたりと不規則になる。あるいは、蚊帳や床の音、蚊の音などからも眠っているかどうかが分かるのだそうです。しまった、見つかった！という場合の隠れ方も指南してあります。たとえば、「観音隠れ」は植木や垣などの間際に立つこと、「鶉隠れ」は、庭の真ん中で、手足を縮めて首を引っ込め頭を隠し、相手に背中を向けてうずくまること。いずれも、光を反射しやすい目と白い顔は隠すのですが、物陰で小さくなっているはずとの先入観がある見張りは見逃してしまうというのです。灯りに乏しい当時ならではの大胆不敵な隠れ方です。

こうした体術のほかに、忍術書には謀略や詐術が集約されています。いわば頭脳戦、相手との心理的な駆け引きです。

平時は、敵情を調べつつ、「袋翻《ふくろがえ》しの術」（予め忍びを敵側で仕官させる）、「身虫《みのむし》（蓑虫）の術」（敵を裏切らせて、スパイにする）、「蛍火の術」（偽の書状で敵を排除する）などを仕掛けます。たとえば、「身虫の術」では、敵を裏切らざるを得ない状況に追い込むことが必要。ターゲットの近隣に住み、彼の趣味を調べ、次々と金品を贈り、親交を深め、大きな借りが出来たところで寝返りをそそのかします。「蛍火の術」では、排除したいターゲットが謀叛を企んでいるという偽書簡を作り、敵城近くでわざと捕まり、限界まで責問（拷問も！）に耐えて、助命を条件に偽の謀叛計画を暴露する、相手が信じなければ、書簡があると偽物を見せるというもの。いずれの術もそう容易《たやす》く成功しないでしょうが、マスコミやネットのない時代、情報は限られていますから、敵の内部を疑心暗鬼にさせるだけでも効果はあったのかもしれません。

敵の軍勢との合戦が迫ると、まず敵情調査を行います。旗指物や煙火などから敵の兵数を推定し、敵軍の着陣地点を予測して潜伏、放火して混乱させる。自軍の布陣のため、山では葦やオモダカなどの水草を頼りに水源を探り、稲の切株の長短や土の色から田の浅深を見積るなど地形を把握する。忍びの調査能力の優劣が、戦闘の帰趨《きすう》を制したといってても過言ではないでしょう。

そして忍術書の白眉《はくび》と言えるのが、人情の機微《きび》への洗練された洞察です。

相手の大切に思っていることを、世間では大して重要に思われていないと言えば、そのことに心を取られ、落ち着かなくなる。これで相手の心を縛ることがある。

（『当流奪口忍之巻註《とうりゅうだつこうしのびのまきちゅう》』）

人間には「喜・怒・哀・楽・愛・悪・欲」の七つの感情があるから、これを利用して計略を考えよ。

（『用間加條伝目口義《ようかんかじょうでんもくくぎ》』）

「自分の方が利口だ」と相手に思わせるような言動は厳禁。物の道理を弁えない間抜けだと相手に思わせよ。相手の言うことを「なるほど！」と感心してみせれば、相手はいい気分になって自慢を始める。そこに秘密の端緒があるかもしれない。（『正忍記』）

貴賤尊卑、老若男女、職業分け隔てなく付き合いネットワークを構築せよ。相手の嗜好や趣味を利用すると親密になりやすく、酒や女性に嵌っているときや病気、非常時に現れる本性を見逃すな。相手を傷つけたり怒らせたりせず、「剛強柔弱」に相手の気持ちを想像せよ――。現代の営業、ビジネスシーンでも十分通用する、人間への深い洞察が並びます。相手の心を読み違えれば自らの命を失うという極限状態で鍛え上げられた極意です。

忍びの真の強さとは、人の心を読み、人を操る技にこそある。卓越した身体能力を持つ見世物的な忍者像とは、一味違った凄みを感じます。

【参考文献】

中島篤巳訳註『完本 万川集海』（国書刊行会、二〇一五年）
山田雄司『忍者の歴史』（KADOKAWA、二〇一六年）
山田雄司『忍者はすごかった』（幻冬舎新書、二〇一七年）
山田雄司監修、佐藤強志著『そろそろ本当の忍者の話をしよう』（ギャンビット、二〇一八年）

本書は『居眠り磐音 江戸双紙 石榴ノ蠅』(二〇〇八年九月 双葉文庫刊)に
著者が加筆修正した「決定版」です。

編集協力 澤島優子
地図制作 木村弥世

文春文庫

石榴《ざくろ》ノ蠅《はえ》
居眠《いねむ》り磐音《いわね》（二十七）決定版《けつていばん》

定価はカバーに表示してあります

2020年3月10日　第1刷

著　者　佐伯《さえき》泰英《やすひで》
発行者　花田朋子
発行所　株式会社 文藝春秋

東京都千代田区紀尾井町 3-23　〒102-8008
TEL　03・3265・1211㈹
文藝春秋ホームページ　http://www.bunshun.co.jp

落丁、乱丁本は、お手数ですが小社製作部宛お送り下さい。送料小社負担でお取替致します。

印刷製本・凸版印刷

Printed in Japan
ISBN978-4-16-791461-5